D1034395

**10
18**

12, AVENUE D'ITALIE. PARIS XIIIe

Sur l'auteur

Née en 1938 à Londres, Anne Perry vit aujourd'hui en Écosse. Depuis le succès international des enquêtes du couple Pitt et de celles de William Monk, elle s'est intéressée à d'autres périodes historiques, passant de Paris sous la Révolution française au portrait ambitieux d'une famille anglaise durant la Première Guerre mondiale. Avec *Du sang sur la soie*, elle s'exile à Byzance au XIIIe siècle et signe un projet littéraire d'exception, une œuvre épique et magistrale qui confirme, s'il le fallait, son talent de conteur hors pair.

ANNE PERRY

LA RÉVÉLATION
DE NOËL

Traduit de l'anglais
par Pascale HAAS

INÉDIT

10
18

« Grands Détectives »
créé par Jean-Claude Zylberstein

Titre original :
A Christmas Grace

© Anne Perry, 2008.
© Éditions 10/18, Département d'Univers Poche,
2010, pour la traduction française.
ISBN 978-2-264-05173-8

*Pour tous ceux qui désirent
une seconde chance.*

Immobile au milieu de son élégant salon, Emily Radley réfléchissait à quel endroit placer le sapin de Noël pour qu'il soit au mieux mis en valeur. Les décorations étaient déjà prévues : les rubans, les boules de couleur, les guirlandes, les stalactites en verre transparent, les oiseaux scintillants rouges et verts. Au pied de l'arbre seraient déposés les cadeaux emballés dans des papiers éclatants qu'elle destinait à son mari et à ses enfants.

La maison entière serait illuminée de chandelles et décorée de couronnes de houx et de lierre. On disposerait des coupes de fruits confits, des noix dans des plats de porcelaine, des pichets de vin chaud aux épices, des assiettes de tartelettes aux fruits secs, des châtaignes rôties… Et, comme d'habitude, de grands feux de bûches de pommier flamberaient dans les cheminées en dégageant une délicieuse odeur.

L'année 1895 n'avait pas été facile, et Emily n'était pas fâchée de la voir arriver à son terme. Et puisqu'ils resteraient à Londres au lieu de séjourner à la campagne, il y aurait des fêtes et des dîners, notamment chez la duchesse de Warwick, où seraient présents tous les gens de sa connaissance. On les inviterait également à des bals où ils danseraient jusqu'au bout de la nuit. Emily avait déjà choisi sa robe, d'une délicate teinte vert d'eau et brodée d'or. Et puis il y aurait le théâtre... Cette année, sans aucune pièce d'Oscar Wilde à l'affiche, ce ne serait plus pareil, mais la comédie de Goldsmith, *Les Méprises d'une nuit*, promettait d'être fort distrayante.

Emily songeait encore aux réjouissances qui s'annonçaient lorsque Jack entra dans la pièce. Bien que l'air un peu fatigué, il avait toujours autant de grâce dans ses manières. Il tenait une lettre à la main.

— Du courrier ? s'étonna Emily. Si tard dans la soirée ?

Son cœur se serra.

— J'espère que ça ne vient pas du ministère... Ils ne peuvent pas exiger ta présence en ce moment. Nous sommes à moins de trois semaines de Noël...

— C'est pour toi, dit Jack en lui tendant la lettre. On vient de la déposer. Je crois reconnaître l'écriture de Thomas.

Thomas Pitt, policier de son état, était le beau-frère d'Emily. Sa sœur Charlotte avait épousé un homme d'une condition très inférieure à la sienne. Une décision qu'elle n'avait cependant jamais eu à regretter un seul jour de sa vie, même s'il lui avait fallu renoncer aux mondanités et aux avantages financiers auxquels elle avait été habituée. À dire vrai, Emily enviait plutôt Charlotte d'avoir eu l'occasion de participer à plusieurs enquêtes de son mari. Il y avait très longtemps qu'Emily n'avait pas été mêlée à une aventure, n'avait pas ressenti ce mélange de danger, d'émotion, de colère et de pitié. Sans tout cela, elle avait vaguement le sentiment d'être moins vivante.

Elle décacheta l'enveloppe et lut la lettre.

Chère Emily,

Je suis sincèrement désolé de vous faire savoir que Charlotte a reçu aujourd'hui une lettre d'un certain père Tyndale, un prêtre catholique qui vit dans un petit village du comté du Connemara, sur la côte ouest de l'Irlande. Il est le confesseur de Susannah Ross, la sœur cadette de votre père. Elle est de nouveau veuve, depuis plusieurs années, et le père Tyndale dit qu'elle est très malade. À la vérité, ce Noël sera probablement son dernier.

Je sais qu'elle a coupé les ponts avec la famille dans des circonstances plus que regrettables, mais il ne nous est pas possible de la laisser seule dans un tel moment. Votre mère est en Italie et, malheureusement, Charlotte souffre d'une mauvaise bronchite, raison pour laquelle je vous écris afin de vous demander si vous accepteriez de vous rendre en Irlande auprès de Susannah. Je me rends bien compte qu'il s'agit là d'un énorme sacrifice, seulement, il n'y a personne d'autre.

Le père Tyndale assure que Susannah n'a plus longtemps à vivre et que vous seriez la bienvenue dans sa maison. Si vous lui écrivez à l'adresse que je vous joins, il viendra vous chercher à la gare de Galway au train que vous lui indiquerez. Tâchez de partir d'ici un jour ou deux. Il ne reste guère de temps pour tergiverser.

Je vous remercie d'avance, et Charlotte me prie de vous transmettre son affection. Elle vous écrira dès qu'elle se sentira un peu mieux.

Bien à vous

Thomas

— C'est absurde ! s'exclama Emily en regardant son mari. Il a perdu l'esprit !

— Ah bon ? fit Jack en plissant les yeux. Que raconte-t-il ?

Sans un mot, Emily lui passa la lettre.

Il la lut, fronça les sourcils, puis la lui rendit.

— Je suis navré… Je sais que tu te faisais une joie de passer ces fêtes de Noël à la maison, mais nous nous rattraperons l'année prochaine…

— Il est hors de question que j'aille là-bas ! déclara Emily d'un air incrédule.

Jack se contenta de la fixer calmement sans rien dire.

— C'est ridicule ! enchaîna-t-elle. Dieu du ciel, je ne vais quand même pas aller au Connemara ! Surtout au moment de Noël ! Ce serait la fin du monde… D'ailleurs, crois-moi, c'est bel et bien la fin du monde ! Il n'y a rien d'autre là-bas que des tourbières gelées !

— À vrai dire, je crois que la côte ouest de l'Irlande jouit d'un climat tempéré, la reprit Jack. Quoique humide, c'est certain, ajouta-t-il dans un sourire.

Soulagée, Emily poussa un soupir. Le sourire de son mari continuait à la charmer plus qu'elle ne souhaitait le lui faire savoir. S'il l'avait su, il serait sans doute devenu impossible à manœuvrer. Elle posa la lettre sur la table.

— J'écrirai demain à Thomas et je lui expliquerai.

— Que lui diras-tu ?

Emily parut surprise.

— Eh bien, qu'il n'est pas question que j'y aille… Mais je le lui dirai gentiment.

— Comment pourrais-tu dire gentiment que tu as l'intention de laisser ta tante mourir toute seule à Noël sous prétexte que tu n'apprécies pas le climat irlandais ? demanda Jack avec une douceur surprenante étant donné le contenu de sa question.

Emily se figea. Et lorsqu'elle se retourna vers son mari, elle comprit que, malgré son sourire, il pensait chaque mot de ce qu'il venait de dire.

— Tu veux vraiment que je parte en Irlande pendant les fêtes de Noël ? Susannah n'a que cinquante ans et peut vivre encore des années... Thomas ne parle même pas de ce qu'elle a qui ne va pas...

— On peut mourir à tout âge, lui fit observer Jack. Et ce que je veux n'a rien à voir avec ce qui est bien.

— Et les enfants ? rétorqua Emily, jouant là son meilleur atout. Que penseront-ils si leur mère les abandonne à Noël ? C'est un moment que l'on doit passer ensemble en famille, conclut-elle en lui retournant son sourire.

— Dans ce cas, écris à ta tante et dis-lui de mourir seule parce que tu tiens à rester en famille. À la réflexion, écris plutôt au prêtre, qui le lui dira.

Soudain, Emily prit conscience d'une chose épouvantable.

— Tu veux que je parte ! accusa-t-elle.

— Non, pas du tout. Mais je n'ai pas envie non plus de vivre avec toi pendant toutes les années qui suivront la mort de Susannah en te voyant regretter de ne pas y être allée. La culpabilité finit par détruire ce que l'on a de plus cher... et même surtout ce que l'on a de plus cher. Or je ne veux pas te perdre, conclut-il en lui caressant doucement la joue.

— Tu ne me perdras pas, s'empressa de lui assurer Emily. Jamais tu ne me perdras.

— Il arrive à tant de gens de se perdre, murmura Jack en secouant la tête. Certains vont jusqu'à se perdre eux-mêmes.

14

Emily baissa les yeux.

— Mais… c'est Noël !

Jack ne répondit pas.

— Tu crois qu'ils ont des télégrammes, en Irlande ? finit-elle par demander.

— Je n'en ai aucune idée. Que pourrais-tu dire dans un télégramme qui répondrait à cette lettre ?

Emily prit une grande inspiration avant de répondre :

— L'heure à laquelle mon train arrive à Galway… et le jour !

Jack se pencha et l'embrassa très tendrement. Emily se surprit à fondre en larmes en pensant à tout ce qu'elle allait manquer au cours de ces prochaines semaines, à tout ce qu'elle s'imaginait que Noël devait représenter.

Deux jours plus tard, un peu avant midi, lorsque enfin le train arriva à Galway et qu'elle descendit sur le quai sous une pluie fine, Emily était néanmoins dans un état d'esprit très différent. Elle se sentait ankylosée et très fatiguée après la traversée de la mer d'Irlande agitée et une nuit passée dans un hôtel de Dublin. Si Jack avait eu la moindre idée de ce qu'il lui avait imposé, il n'en aurait pas parlé de façon aussi cavalière… Nul n'aurait dû exiger un tel sacrifice de personne… C'était le choix de Susannah de s'être détournée de sa famille, d'avoir épousé un catholique et décidé de venir vivre ici au milieu des tourbières sous la pluie.

Elle n'était même pas revenue à la maison lorsque le père d'Emily était mourant ! Certes, personne ne l'en avait priée. À la vérité, Emily devait toutefois le reconnaître, il était possible que personne ne l'ait jamais prévenue qu'il était malade.

Le porteur déposa ses valises sur le quai. D'ailleurs, elle n'avait même pas eu à le lui demander. L'arrêt était le dernier de la ligne – et dans tous les sens du terme !

De plus en plus trempée, Emily le paya pour qu'il porte ses bagages jusque devant la gare et le suivit sur le quai. Arrivée sur la chaussée, elle aperçut un poney attelé à une carriole, près duquel se tenait un prêtre en train de parler avec force gestes exubérants à l'animal. Il se retourna en entendant le chariot du porteur rouler sur les pavés. Dès qu'il vit Emily, son visage s'éclaira d'un immense sourire. Un homme simple aux traits quelconques, mais qui, à l'instant, était resplendissant.

— Ah, Mrs. Radley ! fit-il en s'avançant vers elle la main tendue. C'est très aimable à vous d'être venue jusque chez nous, surtout en cette période de l'année. La traversée n'a pas été trop pénible ? Le Seigneur a placé une mer entre vous et moi afin que nous soyons d'autant plus reconnaissants de vous voir arriver indemne sur l'autre rive.

Il haussa les épaules d'un air attristé, les yeux mélancoliques.

— Comment vous sentez-vous ? Fatiguée et gelée ? Il nous reste encore un long trajet, toutefois, nous n'y pouvons rien...

Il l'observa avec sympathie.

— Mais peut-être ne vous sentez-vous pas assez bien pour prendre la route dès aujourd'hui ?

— Je vous remercie, mon père. Ça va aller.

Elle voulut demander combien de temps il leur faudrait avant de finalement se raviser. Il risquait de la prendre pour une nature sensible.

— Ah, tant mieux ! se réjouit le prêtre. Montons vos bagages à l'arrière et mettons-nous en route. Nous ferons la plus grande partie du chemin avant la tombée de la nuit.

Le père Tyndale souleva une des valises qu'il hissa d'un geste puissant à l'arrière de la carriole. Le porteur fut tout juste assez rapide pour y ranger lui-même la plus légère.

Emily faillit lui faire une remarque, mais elle changea d'avis. Que dire ? Il était midi, et le prêtre ne pensait pas qu'ils arriveraient chez Susannah avant la tombée de la nuit ! Dans quel bout du monde arriéré allaient-ils donc ?

Le père Tyndale l'aida à monter sur le siège, lui mit une couverture sur les genoux, qu'il recouvrit ensuite d'une bâche imperméable, puis fit le tour en vitesse pour grimper de l'autre côté. Après un mot d'encouragement, le poney se mit en marche à pas lents. Emily eut l'horrible impression que l'animal, qui en savait beaucoup plus qu'elle, se ménageait en vue d'un long voyage.

Au moment où ils sortirent de la ville, la pluie se calma quelque peu et Emily contempla le paysage vallonné. La vue s'ouvrit soudain sur de lointaines collines à l'ouest alors que les nuages se déchiraient en laissant apparaître des pans de ciel bleu. Des rayons de soleil scintillaient sur les prés humides qui semblaient composés de plusieurs strates de couleurs ; le vent en blanchissait la surface, mais on distinguait des nuances de rouges sombres et de verts foncés au-dessous. Elle voyait d'innombrables ombres sur le flanc des collines, des ruisseaux d'un noir tourbeux et, ici et là, un vieux refuge en ruine, presque noirci à l'exception des parties mouillées sur lesquelles miroitait le soleil.

— Dans quelques minutes, vous verrez le lac, l'informa tout à coup le père Tyndale. Il est magnifique, et il regorge de poissons... et aussi d'oiseaux. Ça va vous plaire. Bien sûr, c'est très différent de l'océan.

— Oui, évidemment, convint Emily en resserrant la couverture.

Elle eut le sentiment qu'elle aurait dû ajouter quelque chose. Le prêtre regardait droit devant lui, concentré sur sa conduite, bien qu'elle se demandât pourquoi. Il n'y avait nul autre endroit où aller que la route qui serpentait devant eux, et le poney semblait connaître parfaitement son chemin. Si le père Tyndale avait attaché les rênes au pommeau de fer et s'était endormi, nul doute qu'il serait arrivé à destination tout aussi bien. Néanmoins, le silence exigeait de dire quelque chose.

— Vous avez écrit que ma tante était très malade, se lança timidement Emily. Je n'ai aucune expérience d'infirmière. Que vais-je pouvoir faire pour elle ?

— Ne vous tracassez pas, Mrs. Radley, répondit le prêtre d'une voix douce. Mrs. O'Bannion sera là pour vous aider. La mort viendra quand elle le voudra. Il n'y a rien à faire contre cela, seulement donner un peu d'affection entre-temps…

— Est-ce que… est-ce qu'elle souffre beaucoup ?

— Non, pas trop, du moins physiquement. Et le médecin passe dès qu'il le peut. Il s'agit plus d'un poids moral, de réminiscences du passé…

Il poussa un long soupir, puis une ombre légère passa sur son visage, qui ne devait rien à un changement de la lumière mais traduisait une profonde tristesse.

— Il y a des regrets… des choses à régler avant qu'il ne soit trop tard, ajouta-t-il. Il en va ainsi pour chacun de nous. Seulement, vous comprenez, savoir qu'il vous reste peu de temps précipite les choses.

— Oui, reconnut Emily d'un ton maussade.

Elle repensa aux circonstances épouvantables dans lesquelles la famille s'était brouillée après que Susannah eut annoncé son intention de se remarier, non pas avec quelqu'un qui aurait eu leur approbation, mais avec un Irlandais vivant dans le Connemara. Ce qui en soi n'avait rien de grave. L'offense tenait au fait qu'Hugo Ross était de confession catholique.

À l'époque, quand Emily avait demandé en quoi la chose avait une telle importance, son père était trop furieux et blessé par ce qu'il considérait comme une trahison de la part de sa sœur pour aborder le sujet de l'histoire anglaise et des déloyautés du passé.

Emily contempla le morne paysage. Le vent qui courait dans les hautes herbes les inclinait de telle façon que les ombres les faisaient ressembler à de l'eau. Des oiseaux sauvages volaient au-dessus de leurs têtes ; elle en dénombra une bonne dizaine d'espèces différentes. Il n'y avait presque pas d'arbres, rien que des terres humides qui scintillaient çà et là sous un rayon de soleil, et l'on entrevoyait de temps à autre le lac où des roseaux poussaient sur la berge, pareils à de longues lames noires. On ne percevait aucun bruit en dehors du martèlement des sabots du poney et des soupirs du vent.

Que regrettait Susannah ? Son mariage ? D'avoir perdu de vue sa famille ? D'être arrivée en étrangère dans cet endroit reculé au bout du monde ? Quelle que fût la réponse, il était dorénavant trop tard. Le mari de Susannah et le père d'Emily étaient morts ; rien de ce qu'on pourrait dire à qui que ce soit n'aurait d'importance. Sa tante souhaitait-elle simplement la présence d'une personne ayant appartenu à son passé pour avoir le sentiment que l'un des siens lui avait gardé de l'affection ? Et si c'était pour leur faire savoir qu'elle les aimait et qu'elle regrettait ?

Ils devaient rouler depuis au moins une heure. Emily avait l'impression que cela faisait une éternité. Elle avait froid, était pleine de courbatures et passablement trempée.

Lorsqu'ils dépassèrent un premier carrefour, elle fut dépitée de constater qu'ils continuaient tout droit. Elle interrogea le père Tyndale.

— Moycullen, dit-il avec un vague sourire. La route de gauche conduit à Spiddal et à la mer, mais par un long détour. C'est plus rapide par ici. Dans environ une heure, nous arriverons à Oughterard, où nous nous arrêterons pour manger un morceau. Vous aurez sans doute faim.

Encore une heure ! Combien de temps allait durer ce voyage ? Emily avala sa salive.

— Oui, merci. Ce sera très volontiers. Et ensuite ?

— Oh, nous prendrons légèrement à l'ouest en direction de Maam Cross, puis nous irons au sud vers la côte pour rejoindre Roundstone, et nous ne serons alors plus qu'à quelques miles.

Emily ne fit aucun commentaire.

À Oughterard, qui s'avéra fort accueillant, ils firent un repas délicieux dans une salle d'auberge où flambait un immense feu de tourbe. Il s'en dégageait une chaleur étonnante, en même temps qu'une odeur de terre et de fumée qui lui parut extrêmement plaisante. On lui offrit un verre d'une boisson légèrement alcoolisée, qui avait une apparence d'eau de rivière mais plutôt bon goût, de sorte qu'elle repartit avec l'impression que, si elle s'abstenait de compter les heures et les miles, elle pourrait survivre au reste du voyage.

Après Maam Cross, alors que l'après-midi s'avançait, le ciel s'éclaircit. La lumière avait pris une nuance dorée quand le père Tyndale lui montra les Maumturk qui se dressaient au nord-est.

— Nous n'avons jamais rencontré le mari de Susannah, dit soudain Emily. Comment était-il ?

— Oh, c'est vraiment dommage ! répondit le prêtre avec un sourire plein de chaleur. Hugo Ross était un homme très bien. Et très paisible, pour un Irlandais. Mais chaque fois qu'il racontait une histoire, on l'écoutait, et dès qu'il riait, on riait avec lui. Il avait une passion pour la région, et il n'avait pas son pareil pour la représenter en peinture. Il mettait une telle lumière dans ses tableaux qu'on sentait l'air rien qu'en les regardant. Mais peut-être le saviez-vous ?

— Non, avoua Emily, étonnée. Je ne savais même pas que cet homme était un artiste…

Elle se sentit soudain honteuse.

— Nous pensions qu'il avait des biens. Pas beaucoup, mais suffisamment pour en vivre.

Le père Tyndale éclata de rire. Un rire qui résonna d'un son joyeux dans le paysage vide où l'on n'entendait que des cris d'oiseaux, le vent et le martèlement des sabots.

— C'est exact, cependant, on juge un homme à son âme, pas à ce qu'il a dans les poches… Hugo peignait par amour de l'art.

— À quoi ressemblait-il ?

S'en voulant aussitôt de paraître aussi triviale, Emily précisa la raison de sa question.

— J'aimerais pouvoir me le représenter. Quand on pense à quelqu'un, on s'en fait une idée, or je ne voudrais pas me tromper.

— Hugo Ross était grand, répondit le père Tyndale d'un air songeur. Des cheveux bruns bouclés, des yeux bleus… Je garde de lui le souvenir d'un homme heureux. Et il avait de belles mains, comme s'il avait pu toucher n'importe quoi sans l'abîmer.

De façon très imprévue, Emily se sentit au bord des larmes en songeant qu'elle ne connaîtrait jamais Hugo Ross. Ce devait être la fatigue. Elle avait voyagé durant deux jours et n'avait aucune idée de l'endroit où elle se rendait, pas plus que de la façon dont le temps et la maladie auraient transformé Susannah, sans parler des années de séparation avec la famille… Ce voyage était absurde. Jamais elle n'aurait dû laisser Jack la persuader de venir.

Il y avait maintenant plus de quatre heures qu'ils étaient partis de Galway.

— Nous en avons encore pour longtemps ?

— Deux heures, pas plus, répondit le prêtre d'un ton enjoué. Là-bas, ce sont les Twelve Pins, dit-il en lui montrant une rangée de collines du côté nord. Et le lac de Ballynahinch se trouve un peu plus loin. Nous bifurquerons avant pour descendre vers le rivage, puis nous traverserons Roundstone et nous serons arrivés.

Ils s'arrêtèrent dans une seconde auberge où on leur servit cette fois encore une excellente nourriture. Après cela, Emily trouva d'autant plus difficile de repartir au crépuscule dans le vent humide qui soufflait de l'ouest.

Mais très vite le ciel s'éclaircit et, au moment où ils franchirent la crête, le panorama s'ouvrit devant eux : le soleil se reflétait sur l'eau dans un flamboiement d'or et d'écarlate, les noirs promontoires semblant surgir d'un feu liquide. Sous cette lumière, la route qui se déroulait devant eux paraissait comme incrustée de bronze. Emily respira l'air salé et, lorsqu'elle leva les yeux, elle distingua le ventre pâle des oiseaux qui décrivaient des cercles en suivant le vent dans les dernières lueurs du couchant.

Le père Tyndale sourit sans rien dire, mais elle devina qu'il l'avait entendue respirer à pleins poumons.

— Parlez-moi du village.

Le soleil allait disparaître d'une seconde à l'autre, et elle pensa que le poney devait savoir qu'il arriverait bientôt à l'écurie.

Plusieurs minutes s'écoulèrent avant que le père Tyndale ne lui réponde, et quand il le fit, elle perçut une sorte de tristesse dans sa voix, comme s'il s'était vu demander de rendre compte d'une erreur commise.

— Il est moins important qu'il ne l'était autrefois. Désormais, trop de nos jeunes gens s'en vont ailleurs.

Il se tut, semblant ne pas savoir quoi ajouter.

Emily se sentit gênée. Ni elle ni ses compatriotes n'avaient rien à faire dans ce pays, et pourtant, ils y étaient installés depuis des siècles. Elle n'était la bienvenue que parce que l'hospitalité était dans la nature des Irlandais. Mais que ressentaient-ils réellement ? Et qu'en avait-il été pour Susannah lorsqu'elle était venue vivre ici ? Qu'elle ait été désespérée au point de demander à un prêtre catholique de supplier sa famille d'envoyer quelqu'un auprès d'elle dans ses derniers jours n'était guère surprenant...

Emily se racla la gorge.

— À vrai dire, je pensais plutôt aux maisons, aux rues, aux gens que vous connaissez...

— Vous les rencontrerez certainement, dit le prêtre. Mrs. Ross est très aimée. Plusieurs personnes passeront, ne serait-ce que brièvement pour ne pas la fatiguer, la pauvre âme... Elle avait l'habitude de parcourir des miles le long du rivage, ou plus loin vers la tourbière de Roundstone, surtout au printemps. Chaque fois qu'Hugo emportait son chevalet, Susannah l'accompagnait. Elle s'asseyait et lisait un livre, ou bien allait cueillir des fleurs sauvages. Mais l'océan était ce qu'elle préférait. Jamais elle ne se lassait de le regarder. Et elle collectionnait des documents sur la famille Martin, mais je ne sais pas si elle a continué après qu'elle est tombée malade.

— Qui sont les Martin ? interrogea Emily.

Le visage du prêtre s'éclaira.

— Oh, les Martin sont une branche des Ross, ou l'inverse ! dit-il avec fierté. Autrefois, c'était les Flaherty et les Conneeley qui régentaient la région. Ils se sont combattus au point d'arriver dans une impasse. Mais il y a encore des Flaherty au village malgré tout, ainsi que des Conneeley, bien sûr. Et d'autres que vous rencontrerez. En revanche, pour ce qui est de l'histoire, il faudra vous adresser à Padraic Yorke. Il sait tout ce qu'il y a à savoir, et quand il raconte, il a dans la voix la musique de la terre, ainsi que les rires et les larmes de ceux qui la travaillent.

— Il faudra que je le rencontre, si c'est possible.

— Il sera enchanté de vous expliquer où tout s'est passé, de vous indiquer les noms des fleurs et des oiseaux… Non qu'il y en ait beaucoup à cette période de l'année !

Emily se fit la réflexion qu'elle n'aurait sans doute pas le temps de s'adonner à ce genre de choses, mais elle le remercia néanmoins.

Quand ils arrivèrent, un peu après six heures du soir, il faisait nuit noire et de gros nuages de pluie obscurcissaient les étoiles du côté est. Mais, à l'ouest, le ciel était dégagé, et la lune basse brillait d'une lueur suffisante pour distinguer les contours du village. Ils le traversèrent, puis continuèrent jusqu'à la maison de Susannah, située près du rivage.

Le père Tyndale descendit de la carriole et alla frapper à la porte. Il s'écoula plusieurs minutes avant qu'elle ne s'ouvre sur Susannah, dont la silhouette se découpa dans la lueur des chandelles. Elle devait en avoir allumé au moins une douzaine. S'avançant sur le perron, elle regarda derrière le prêtre comme pour s'assurer qu'il y avait bien quelqu'un avec lui.

Emily traversa l'esplanade de gravier et monta jusqu'à la vaste entrée baignée de lumière.

— Emily… dit doucement Susannah. Tu es magnifique, mais tu dois être épuisée. Je te remercie infiniment d'être venue.

Emily s'avança.

— Tante Susannah…

En dire davantage eût été absurde. Emily était exténuée, ce qui devait se voir, mais à en juger par le visage décharné de Susannah et l'allure fragile qu'on devinait sous sa robe en laine et son châle, se préoccuper d'elle-même aurait été puéril. Quant à demander à sa tante comment elle allait, c'eût été nier ce qu'elles savaient l'une et l'autre être la vérité.

— J'ai fait un excellent voyage, mentit Emily. Et le père Tyndale a été adorable avec moi.

— Tu dois être transie de froid et affamée, répliqua Susannah en reculant dans la lumière. Et mouillée !

Emily eut un choc. Elle se souvenait de sa tante comme d'une femme plus intéressante que jolie, mais avec des traits réguliers et une très belle peau, comme la sienne. Or la femme qu'elle voyait devant elle était défaite, le visage émacié, les yeux enfoncés et cernés.

— Un peu, reconnut Emily en s'efforçant de parler d'une voix normale. Mais ce sera vite oublié… Une bonne nuit de sommeil me remettra d'aplomb.

Brusquement, elle éprouva la tentation de parler à tort et à travers afin de remplir le silence abyssal.

Lorsque Susannah se tourna vers le père Tyndale, Emily se rendit compte qu'il devait lui être pénible de rester debout dans le froid sur le pas de la porte.

Le prêtre déposa les bagages dans l'entrée.

— Voulez-vous que je les monte ? proposa-t-il.

Sachant qu'il lui serait impossible de soulever la grosse valise, Emily accepta volontiers.

Cinq minutes plus tard, une fois le père Tyndale reparti, Emily et Susannah se retrouvèrent face à face dans l'entrée. La situation était étrange. La barrière d'un silence de dix ans se dressait entre elles deux. Étant donné qu'elle était venue par devoir, Emily ne pouvait pas mimer l'affection. Si elle en avait eu pour Susannah, elles n'auraient pas passé tout ce temps sans correspondre. Sa tante devait ressentir la même chose.

— Le souper est prêt, annonça Susannah avec un vague sourire. J'imagine que tu voudras te retirer de bonne heure.

— Oui. Merci.

Emily la suivit dans l'entrée glaciale jusqu'à une salle à manger lambrissée dont la chaleur l'enveloppa à la seconde où elle passa la porte. La tourbe qui brûlait dans l'imposante cheminée en pierre ne flambait pas avec les flammes dansantes des feux de bois auxquels elle était habituée, mais une

28

douce odeur de terre imprégnait la pièce. De nombreuses chandelles étaient allumées autour de la table en bois ciré dressée pour deux personnes. Rien n'indiquait la présence d'une domestique. Du moins d'une domestique employée à demeure. Soudain, en dépit de ce que lui avait dit le prêtre, Emily redouta de devoir assumer davantage de tâches qu'elle ne l'avait escompté, et pour lesquelles elle se sentait mal préparée.

— Puis-je aider à quelque chose ? demanda-t-elle, ainsi que l'exigeait la politesse.

Susannah lui jeta un regard avec un humour inattendu.

— Je ne t'ai pas demandé de venir ici pour me servir de bonne, Emily. Mrs. O'Bannion se charge du plus gros de l'intendance, et je suis encore capable de faire un minimum de cuisine. Je profite des moments de la journée où je me sens le mieux.

Elle s'approcha de la porte qui menait à la cuisine.

— Je souhaitais avoir près de moi quelqu'un de ma famille, toi ou Charlotte…

La lumière disparut de son visage.

— Il y a certaines choses à régler avant que je meure.

Susannah se retourna et sortit en laissant la porte ouverte, sans doute pour pouvoir revenir les deux mains chargées.

Emily se sentit soulagée que Susannah se soit éclipsée avant qu'elle ait dû réagir à sa dernière remarque. Lorsqu'elle revint avec une soupière de ragoût, puis avec un plat de purée, il fut aisé d'oublier la conversation précédente.

Le ragoût était succulent, et Emily le savoura avec plaisir, tout comme la tarte aux pommes servie au dessert. Elles parlèrent de choses et d'autres. Emily se rendit compte qu'elle ignorait presque tout de Susannah. Savoir quels étaient les faits de la vie d'une personne n'avait rien à voir avec connaître ses opinions – et plus encore ses rêves. Susannah avait beau être la sœur de son père, elles se retrouvaient comme deux étrangères assises de part et d'autre de la table, seule à seule, dans cet endroit perdu au bout du monde. Dehors, le vent gémissait sous les avant-toits et la pluie rebondissait sur les vitres.

— Parlez-moi du village, la pria Emily, incapable de supporter plus longtemps le silence. À l'heure où je suis arrivée, il faisait déjà trop sombre pour apercevoir grand-chose.

Susannah sourit, mais une profonde tristesse passa dans son regard.

— Je ne sais pas si les gens d'ici ont quelque chose de différent, sinon que ce sont ceux auprès de qui je vis. Leurs chagrins m'importent.

Elle baissa les yeux sur la table au bois finement veiné qui luisait telle de la soie.

— Peut-être auras-tu l'occasion de les rencontrer, auquel cas je n'aurai plus besoin de t'expliquer. Hugo les aimait beaucoup, de cette façon tranquille que l'on a quand quelque chose fait partie de votre vie.

30

Elle inspira un grand coup, puis leva les yeux en se forçant à sourire.

— Désires-tu autre chose à manger ?

— Non, merci. C'était très bon. Vous êtes d'excellentes cuisinières.

— Je me débrouille pour ce qui est de la pâtisserie, pas trop pour le reste, répliqua Susannah.

Elle sourit, mais elle avait l'air extrêmement lasse.

— Je te remercie d'être venue, Emily. Je suis certaine que tu aurais préféré passer Noël chez toi. Je t'en prie, ne te sens pas obligée de me dire le contraire. J'ai parfaitement conscience de ce que je te demande. J'espère toutefois que tu seras confortablement installée et que tu auras assez chaud. Il y a du feu dans ta chambre, et de la tourbe pour le réapprovisionner. Il vaut mieux ne pas le laisser s'éteindre. Il est parfois difficile de le faire repartir.

Susannah se leva lentement, comme pour ne pas risquer de chanceler.

— À présent, si tu veux bien m'excuser, je crois que je vais monter. S'il te plaît, surtout ne touche à rien. Mrs. O'Bannion s'en occupera demain matin.

Emily dormit comme une souche, mais quand le vent qui soufflait en rafales la réveilla, elle demeura troublée quelques secondes sans plus savoir où elle était. Se redressant, elle aperçut les braises dans le foyer et se rappela qu'aucun domestique n'était là pour l'aider. Mieux valait ranimer le feu avant qu'il ne s'éteigne.

Curieusement, lorsqu'elle sortit du lit, la chambre n'était pas aussi froide qu'elle l'avait craint. Après avoir rajouté plusieurs mottes de tourbe, elle ouvrit les rideaux et admira le paysage qui s'étendait sous ses yeux. Le panorama était proprement à couper le souffle. Le ciel charriait des nuages qui défilaient tel le reflet déchaîné de l'eau grise et houleuse de l'océan aux vagues festonnées d'écume. Au fond à droite se profilait une longue pointe de terre hérissée de rochers noirs et dentelés. Devant elle, la marée haute menaçait la plage de sable. À gauche s'étendait un paysage plus doux dans une alternance de sable et de rochers, dont les contours se mêlaient avant de disparaître derrière un bandeau de pluie. C'était une région rude et sauvage mais qui possédait une beauté qu'aucun paysage immobile n'aurait pu égaler.

Elle se lava avec l'eau qu'on avait laissée dans une aiguière à côté de la cheminée et qui lui parut d'une tiédeur agréable, puis revêtit une robe de chambre vert foncé. Après quoi elle descendit voir si Susannah était réveillée et avait besoin d'aide.

Dans la cuisine, elle trouva une femme séduisante d'une trentaine d'années aux cheveux châtains brillants et aux yeux d'un étrange bleu-vert bordés de cils épais. Elle sourit dès qu'elle aperçut Emily.

— Bonjour, vous devez être Mrs. Radley, dit-elle avec entrain. Soyez la bienvenue au Connemara.

— Merci, répondit Emily en entrant dans la cuisine spacieuse où régnait une douce chaleur, ses pas résonnant sur le sol en pierre. Vous êtes Mrs. O'Bannion ?

La jeune femme lui adressa un grand sourire.

— C'est bien moi… Maggie O'Bannion. Et c'est Bridie que vous entendez farfouiller dans l'arrière-cuisine. Je n'ai jamais vu une enfant aussi bruyante ! Que prenez-vous au petit déjeuner ? Que diriez-vous d'œufs brouillés, de toasts et d'une grosse théière ?

— Ce serait parfait, merci. Comment va Mrs. Ross ?

Le regard de Maggie O'Bannion s'assombrit.

— La pauvre… Elle ne descendra pas avant un moment… Il lui arrive de se sentir en forme le matin, mais, la plupart du temps, c'est loin d'être le cas.

— Puis-je aider à quoi que ce soit ? demanda Emily, qui se sentait idiote et en même temps tenue de le proposer.

— Savourez donc votre petit déjeuner. Et si vous voulez aller prendre l'air, ne tardez pas trop. Le vent qui se lève va déchirer le ciel, et il vaudra mieux être chez soi au moment où il se déchaînera.

Emily jeta un coup d'œil par la fenêtre.

— Merci. Je vais suivre votre conseil, mais le temps n'a pas l'air si désagréable.

Maggie frissonna en pinçant les lèvres.

— Ce vent a quelque chose de mordant... Je l'entends.

Puis elle se retourna pour préparer le petit déjeuner d'Emily.

Vers dix heures, Susannah descendit. Elle avait le teint pâle, et davantage de mèches grises qu'Emily ne l'avait remarqué la veille à la lueur des chandelles. Cependant, elle paraissait reposée et lui sourit en la voyant installée dans le salon en train d'écrire des lettres.

— As-tu bien dormi ? Tu es confortablement installée, j'espère ? Maggie t'a servi le petit déjeuner ?

Emily se leva.

— La réponse à toutes vos questions est oui... et même merveilleusement ! Mrs. O'Bannion est charmante, et j'ai très bien mangé, je vous remercie. Vous avez raison, elle me plaît déjà.

Susannah jeta un regard sur le papier à lettres.

— Puis-je te suggérer de les porter à la poste avant midi ? Je crois bien que le vent se renforce, dit-elle en regardant par la fenêtre. Nous risquons d'avoir droit à une vilaine tempête. Il y en a souvent, à cette saison. Elles peuvent parfois être épouvantables.

Emily ne répondit pas. Une telle remarque lui semblait bizarre. Il y avait partout des tempêtes en hiver, cela faisait partie de la vie. Et, d'après ce qu'elle avait entendu dire, ils n'avaient jamais de neige au Connemara comme ils en avaient en Angleterre.

34

Elle termina son courrier et, à onze heures, alla rejoindre Susannah et Maggie, avec lesquelles elle but une tasse de chocolat. Entre le vent qui gémissait et la pluie qui s'abattait en rafales sur les vitres, se retrouver assise à la table de la cuisine devant des biscuits, une boisson chaude dans les mains, lui fit l'effet d'être revenue aux douceurs de l'enfance.

Une brindille vint heurter la fenêtre et Maggie se retourna en sursaut. Les mains fines de Susannah se crispèrent sur sa tasse en porcelaine. Elle respira un grand coup.

Maggie détourna les yeux et croisa ceux d'Emily en se forçant à sourire.

— À l'intérieur de la maison, nous aurons bien chaud, observa-t-elle inutilement. Et nous avons de la tourbe en quantité suffisante pour tenir jusqu'en janvier.

Emily voulut faire une remarque, histoire d'alléger la tension et de les faire rire, mais elle ne trouva rien à dire. Elle se rendit compte qu'elle ne connaissait assez bien aucune des deux femmes pour comprendre de quoi elles avaient peur. Quelle importance avait donc un peu de vent ?

Cependant, au milieu de l'après-midi, de gros nuages en provenance de l'ouest obscurcirent le ciel et le vent se renforça considérablement. Emily n'avait pas réalisé à quel point, avant de sortir chercher quelques branches de saule rouge qu'elle comptait ajouter dans le vase de houx et de lierre de l'entrée. Bien qu'il ne fît pas très froid, la violence des rafales gonfla sa robe comme une voile en manquant lui faire perdre l'équilibre. Elle mit plusieurs secondes à se reprendre.

— Prenez garde, madame ! lança une voix d'homme, si proche qu'elle se retourna en sursaut comme s'il l'avait menacée.

À environ trois mètres se tenait un homme imposant aux traits sévères, le regard sombre et soucieux. Il lui fit un timide sourire sans se départir pour autant de son air inquiet.

— Je suis désolée, dit Emily pour s'excuser de la brusquerie de sa réaction. Je ne pensais pas que le vent soufflait aussi fort.

— Et il va empirer à coup sûr, dit gentiment l'homme qui éleva la voix juste assez pour se faire entendre.

Il leva la tête vers le ciel en plissant les yeux.

— Vous cherchez Mrs. Ross ? s'enquit Emily.

L'homme écarta les mains d'un geste d'excuse.

— Et en plus, je n'ai pas de manières... Parce que je sais que vous êtes la nièce de Mrs. Ross, je m'imagine que vous me connaissez vous aussi. Fergal O'Bannion... Je viens chercher Maggie pour la raccompagner chez nous.

De nouveau, il scruta le ciel, le regard tourné cette fois vers l'ouest, en direction de la mer.

— Vous habitez loin ?

Emily était déçue. Étant donné qu'elle aimait bien Maggie, elle avait espéré qu'elle vivait à proximité et pourrait venir chez Susannah même au plus fort de l'hiver. Sans quoi, sa tante serait très seule, surtout si sa maladie s'aggravait.

— Par là-bas.

Fergal désigna un endroit distant d'à peine un demi-mile.

— Oh…

Ne trouvant rien à dire de sensé, Emily se contenta de sourire.

— J'étais venue couper quelques branches… Mais entrez, je vous en prie. Mrs. O'Bannion est sûrement prête.

Fergal O'Bannion la remercia et entra dans la maison. Emily se mit à la recherche de tiges harmonieuses. Elle était intriguée. De quoi Fergal avait-il peur pour tenir à raccompagner sa femme à moins d'un demi-mile ? Il n'y avait apparemment aucun danger. Il devait s'agir d'autre chose… Une querelle de village ?

Cinq minutes plus tard, après avoir cueilli plusieurs branches, Emily retourna à la maison. Maggie était dans l'entrée en train de s'emmitoufler dans son châle tandis que Fergal l'attendait près de la porte.

— Merci, dit Susannah en adressant un bref sourire à la jeune femme.

Emily déposa les branches sur la table de l'entrée.

— Je serai là demain matin, annonça Maggie. J'apporterai du pain et des œufs.

— Si le temps le permet, précisa Fergal.

Sa femme lui jeta un regard noir, puis se mordit la lèvre et se tourna vers Susannah.

— Évidemment, en tout cas assez pour venir jusqu'ici… Je ne vous laisserai pas tomber, promit-elle à Susannah.

— Maggie… commença Fergal.

— Sûr que non, je ne vous laisserai pas tomber, répéta Maggie avant de faire un sourire chaleureux à son mari. Viens, allons-y, alors… Eh bien, qu'est-ce que tu attends ?

Maggie ouvrit la porte et sortit sur le perron. Le vent s'engouffra sous ses jupes en les faisant tourbillonner, et elle tangua légèrement. Fergal la rejoignit en deux enjambées et l'attrapa par la taille. Elle se blottit contre lui.

Emily referma la porte.

— Je nous prépare une tasse de thé ? proposa-t-elle.

Elle avait laissé passer l'occasion d'aller à la poste. Ses lettres devraient attendre le lendemain.

Un quart d'heure plus tard, elles étaient assises au coin du feu, le thé posé sur un plateau entre elles deux sur la table basse.

Emily avala un morceau de biscuit.

— Pourquoi Fergal s'inquiète-t-il du temps à ce point ? Certes, il y a des bourrasques, mais rien de plus. Je raccompagnerai Maggie, si ça la rassure.

— Ce n'est pas à cause…

Laissant sa phrase en suspens, Susannah baissa les yeux sur son assiette.

—… les tempêtes peuvent être terribles, par ici.

— Au point d'emporter une femme robuste qui a tout juste un demi-mile à parcourir ? interrogea Emily d'un air sceptique.

Susannah inspira, puis soupira sans répondre. Emily s'interrogea sur ce qu'elle s'était apprêtée à lui dire et sur la raison pour laquelle elle avait changé d'avis. Mais sa tante éluda le sujet toute la soirée et monta se coucher de bonne heure.

— Bonne nuit, dit-elle à Emily en se tenant sur le pas de la porte avec un léger sourire.

Son visage était sombre et ridé, et le tour de ses yeux dans l'ombre paraissait bleuté, comme si elle était arrivée au bout d'une très longue route et n'avait plus de forces. Emily eut l'impression irrationnelle qu'elle avait peur de quelque chose.

— Si vous avez besoin de moi, je vous en prie, appelez-moi, dit-elle avec douceur. Même si c'est juste pour aller vous chercher quelque chose. Je ne suis pas une invitée, je suis de la famille.

Brusquement, des larmes brillèrent dans les yeux de Susannah.

— Merci, murmura-t-elle avant de s'en aller.

Emily dormit de nouveau à poings fermés, épuisée à la fois par la nouveauté de l'environnement et la détresse de constater que Susannah était aussi malade. Le père Tyndale avait dit qu'il ne lui restait plus très longtemps à vivre, mais cela traduisait mal la réalité de la mort. À cinquante ans, Susannah était beaucoup trop jeune pour s'en aller ainsi. Elle devait avoir encore tant de choses à faire et dont elle aurait pu profiter…

Emily se leva de trop bon matin pour préparer le petit déjeuner à sa tante. Elle ne savait pas du tout combien de temps il lui faudrait l'attendre. Elle se fit une tasse de thé dans la cuisine tandis que le vent battait la maison en gémissant sous les avant-toits.

Elle décida d'explorer la maison, dont aucune porte n'était fermée à clef. Elle passa de la salle à manger à la bibliothèque, dans laquelle étaient alignés des centaines de livres. Tout en examinant les titres, elle en prit quelques-uns au hasard sur les étagères. Il ne lui fallut guère de temps pour comprendre qu'au moins la moitié d'entre eux avaient appartenu à Hugo Ross, dont le nom était inscrit sur la page de garde. Ils traitaient de sujets auxquels Susannah ne se serait probablement jamais intéressée sans l'influence de son mari : archéologie, exploration, animaux marins, courants et marées, ainsi que plusieurs livres sur l'histoire de l'Irlande. Elle remarqua également plusieurs volumes de philosophie, et un nombre impressionnant de grands romans d'auteurs anglais, mais également russes et français.

Emily en vint à regretter de n'avoir pas connu l'homme qui les avait rassemblés et si manifestement appréciés.

Ses yeux se posèrent sur le manteau de la cheminée, la petite table en demi-lune, les candélabres en cristal taillé. La pipe en écume était forcément celle d'Hugo. Elle était restée là comme s'il venait de la poser à l'instant et non des années auparavant.

Parmi les autres objets, elle remarqua un cadre en argent, avec la photographie d'une famille devant un cottage de plain-pied, les collines du Connemara en arrière-fond.

Emily passa ensuite dans le bureau d'Hugo. Outre les marines, dont les sujets se répétaient de façon obsédante, elle nota le tabac à pipe dans l'humidificateur, ainsi qu'une liste de couleurs incomplète sur un bout de papier, comme pour se rappeler quelles peintures acheter. Susannah avait-elle laissé ces choses en place de façon délibérée afin de faire comme si son mari allait revenir ? Peut-être l'avait-elle aimé suffisamment pour ne pas avoir peur de la mort et craignait-elle tout autre chose, contre quoi il n'était pas possible de se protéger.

Si Jack était mort, elle-même aurait-elle agi ainsi – aurait-elle gardé des souvenirs de lui dans la maison, comme si sa vie était trop liée à la sienne pour s'en détacher ? Elle n'avait pas envie de répondre à cette question. Si c'était le cas, comment pourrait-elle supporter de le perdre ? Et dans le cas contraire, quelle plénitude de l'amour lui aurait-il manqué ?

Emily retourna dans la cuisine où elle prépara des œufs durs et des toasts avant de monter le petit déjeuner à Susannah. La journée était belle, et le vent semblait s'être calmé. Elle décida d'apporter ses lettres à la poste sans plus tarder.

— Je ne serai pas absente plus d'une heure, promit-elle. Voulez-vous que je vous rapporte quelque chose ?

Susannah la remercia, elle n'avait besoin de rien. Emily partit sur le chemin le long du rivage qui menait à l'épicerie du village situé à un peu plus d'un mile. Le ciel était presque entièrement dégagé, et il flottait dans l'air une étrange odeur revigorante qu'elle n'avait encore jamais sentie, un mélange de sel et de plantes aromatiques. Une odeur à la fois âcre et agréable. À gauche, sur la lande désolée qui s'étendait jusqu'aux collines barrant l'horizon, le vent continuait à dessiner des motifs dans les herbes en les striant de couleurs.

À droite, sur la mer houleuse, les vagues au dos lourd et gonflé projetaient des langues d'écume blanche sur le sable. De part et d'autre s'étirait un promontoire rocheux, mais juste en face du rivage, aussi loin que portait le regard, on ne distinguait que les flots agités.

Des mouettes tournoyaient dans le ciel, mêlant leurs cris aux soupirs du vent dans les herbes et au fracas incessant des vagues. Accélérant le pas, Emily se surprit à sourire sans raison. Si c'était ça que les gens d'ici prenaient pour une tempête, ce n'était rien du tout !

Elle arriva en vue des maisons basses et éparpillées du village, la plupart construites en pierre et donnant l'impression d'être surgies du sol. Elle traversa une maigre pelouse pour rejoindre la route qu'elle suivit jusqu'à la petite boutique. À l'intérieur, deux personnes attendaient d'être servies, tandis que, de l'autre côté du comptoir, une petite femme replète était en train de peser du sucre qu'elle transvasa dans un sac en papier bleu. Derrière elle, les rayons étaient remplis de toutes sortes d'articles – épicerie, quincaillerie et linge de maison.

Les trois femmes cessèrent de parler et se retournèrent pour dévisager Emily.

— Bonjour, dit-elle avec entrain. Je suis Emily Radley, la nièce de Mrs. Ross. Je suis venue passer Noël avec elle.

— Ah, oui, sa nièce ! s'exclama une grande femme maigre avec un sourire en replaçant d'une main les épingles de son chignon blond grisonnant. La petite-fille de ma voisine m'a dit que vous étiez arrivée.

Emily la regarda sans comprendre.

— Bridie Molloy, précisa la femme. Je suis Kathleen.

— Enchantée, répliqua Emily, ne sachant comment s'adresser à elle.

— Mary O'Donnell, se présenta la femme derrière le comptoir. Que puis-je faire pour vous ?

Emily hésita. Passer devant les autres eût été une impolitesse. C'est alors qu'elle se rendit compte qu'elles étaient curieuses de voir ce qu'elle allait demander. Elle sourit.

— Je n'ai que quelques lettres à poster. Je tenais à prévenir ma famille que j'étais arrivée sans encombre et que j'avais été accueillie avec beaucoup de gentillesse. Même le temps est très doux. Je suis certaine qu'il fait beaucoup plus froid chez moi.

Les femmes se regardèrent, puis se tournèrent vers Emily.

— Doux pour l'instant, mais ça ne va pas durer ! déclara Kathleen d'un air sombre.

Mary O'Donnell tomba d'accord avec elle, et la troisième femme, plus jeune, avec des cheveux roux fauve, hocha la tête.

— Ça va être sévère, dit-elle en frissonnant. Je l'entends dans le vent.

— Et au même moment de l'année, renchérit Kathleen avec calme. Exactement.

— Le vent est tombé, leur fit observer Emily.

De nouveau, les femmes échangèrent un regard.

— Il se calme pour mieux frapper, dit doucement Mary O'Donnell. Vous verrez... La vraie est tapie là, en train d'attendre.

Elle montra l'ouest et l'immensité sans fin de l'océan.

— Je vais prendre vos lettres, enchaîna-t-elle. Autant les faire partir pendant que c'est encore possible.

Quoiqu'un peu déconcertée, Emily la remercia, paya, puis leur souhaita une bonne journée, et ressortit dans l'air vif. Elle reprit le chemin en sens inverse et, presque immédiatement, aperçut un homme à la silhouette élancée qui marchait à pas lents, la tête tournée vers la mer, s'arrêtant de temps à autre. Sans se presser, elle le rattrapa.

De loin, en raison de l'aisance de son allure, elle l'avait pris pour un jeune homme, mais maintenant qu'elle s'approchait de lui, il paraissait avoir une soixantaine d'années. Ses rares cheveux volaient au vent et son visage ardent était creusé de rides profondes. Lorsqu'il la regarda, elle vit qu'il avait les yeux gris.

— Vous devez être la nièce de Susannah. Ne soyez pas surprise, ajouta-t-il d'un air amusé. C'est un petit village. Tout le monde est immédiatement informé de la présence d'un nouvel arrivant. Et nous aimons tous énormément Susannah. Elle ne serait pas restée sans amis à Noël, bien que ce ne soit pas comparable à quelqu'un de la famille.

Emily réagit un peu vivement, comme si Charlotte et elle étaient responsables de la solitude dans laquelle se trouvait Susannah.

— C'est elle qui a choisi de partir, répliqua-t-elle, non sans se trouver aussitôt puérile. Malheureusement, après la mort de mon père, nous ne sommes pas restées en contact comme nous l'aurions dû.

L'homme lui sourit.

— Ces choses-là arrivent... Les femmes suivent les hommes qu'elles aiment, et les distances sont parfois difficiles à combler.

Au bord de l'eau, le vent qui ne cessait de tirailler leurs cheveux et leurs vêtements restait cependant modéré, sans une once de cruauté. Emily crut remarquer que les vagues étaient un peu plus fortes qu'au moment où elle était sortie, mais peut-être se faisait-elle des idées.

— Je suis contente qu'elle ait été heureuse ici, dit-elle à brûle-pourpoint. Vous connaissiez son mari ?

— Naturellement. Ici, nous nous connaissons tous, et cela depuis des générations. Les Martin, les Ross, les Conneeley, les Flaherty… Les Ross et les Martin sont une seule et même famille. Les Flaherty et les Conneeley aussi, quoique d'une façon très différente. Mais peut-être le savez-vous ?

— Non, pas du tout ! répondit Emily sur un ton qui pouvait passer pour un encouragement.

Son interlocuteur n'eut pas besoin de se le faire dire deux fois.

— Il y a des années, au siècle dernier, les Flaherty ont tué tous les Conneeley, à l'exception d'Una Conneeley. Elle s'en est sortie vivante avec l'enfant qu'elle portait. Cet enfant a grandi, il a un jour cessé de s'alimenter pour obliger sa mère à lui révéler la vérité sur sa naissance…

Il la regarda pour s'assurer qu'elle l'écoutait.

— Continuez, l'encouragea Emily.

Elle n'était nullement pressée de rentrer. Elle regarda les oiseaux de mer se laisser porter par le vent. Une forte odeur de sel imprégnait l'atmosphère, et les vagues qui se brisaient sur la grève dans une blancheur d'écume lui donnaient un sentiment d'exaltation, pour ne pas dire de liberté.

— Alors, elle lui a tout raconté, reprit l'homme, les yeux brillants. Une fois devenu adulte, il est revenu ici et a retrouvé le tyran Flaherty du jour, lequel vivait sur une île au milieu d'un lac, près de Bunowen.

Son visage s'anima comme si lui-même se le rappelait.

— Conneeley mesura la distance qui séparait l'île du rivage, après quoi il installa deux rochers sur la colline, éloignés de la même distance exactement, et s'entraîna jusqu'à ce qu'il réussisse sans peine à sauter de l'un à l'autre.

— Et ensuite ?

Il se fit un plaisir de poursuivre.

— Un jour où la fille de Flaherty faillit se noyer dans le lac, le jeune Conneeley la sauva et ils tombèrent amoureux. Alors il sauta au-dessus de l'eau jusqu'à l'île et arracha les yeux de Flaherty à coups de poignard.

Emily tressaillit.

L'homme sourit.

— Et par la suite, quand l'aveugle proposa de lui serrer la main, la jeune fille donna un fémur de cheval à son amoureux en lui recommandant de le lui tendre à la place de sa main, preuve qu'elle connaissait bien son père... Flaherty réduisit l'os en bouillie dans sa poigne. Conneeley le trucida sur place, et il vécut heureux à tout jamais avec la fille de Flaherty... Ils ont donné naissance à un nouveau clan qui peuple aujourd'hui les environs.

— Vraiment ?

Incapable de décider s'il était un tant soit peu sérieux, Emily vit soudain le feu de l'émotion gagner son visage, et elle comprit que, en dépit de la légèreté de son récit, cet homme parlait de passions intimement liées à ce qui faisait le sens même de sa vie.

— Je vois, ajouta-t-elle pour qu'il sache qu'elle comprenait.

— Padraic Yorke, se présenta l'homme en tendant sa main fine et puissante.

— Emily Radley, dit-elle en la prenant volontiers.

— Oh, je sais ! Indirectement, vous faites partie de notre histoire, puisque vous êtes la nièce de Susannah et qu'elle était la femme d'Hugo Ross. Depuis qu'il est mort, ce n'est plus la même chose, conclut-il en baissant la voix.

Emily aurait dû se sentir plus ou moins piégée, mais à la vérité, elle était heureuse de faire partie pour un temps de ce pays que balayaient les vents et de ces gens qui se connaissaient avec une intimité aussi féroce.

Quand Padraic Yorke se remit en marche, elle lui emboîta le pas. Il lui montra diverses variétés d'herbes et de plantes qu'il nomma une à une, précisant lesquelles fleuriraient au printemps et quelles autres en été. Il lui raconta où iraient nicher les oiseaux, à quel moment les petits sortiraient de l'œuf et au bout de combien de temps ils prendraient leur envol. Elle accorda toute son attention, non pas tant aux informations, dont elle ne se souviendrait sans doute pas, qu'à la passion que l'on devinait dans sa voix.

Il s'agissait d'un monde très différent de Londres, mais elle commençait à en percevoir la beauté singulière. Si l'on aimait un homme avec assez d'intensité et qu'il vous aimait en retour, peut-être était-il alors possible d'y voir un pays agréable. À la place de Susannah, peut-être serait-elle venue elle aussi. Jack n'avait rien exigé d'elle, aucun sacrifice, sinon de renoncer à la position sociale à laquelle elle était parvenue grâce à son premier mari. Elle disposait encore de l'argent qu'il lui avait laissé en héritage et qu'elle avait placé sur un compte en fidéicommis à l'intention de leur fils.

Jack ne lui avait pas demandé de changer, ni même de s'accommoder d'une famille embarrassante. Consternée, Emily se rendit compte avec un frisson qu'elle ne connaissait même pas les parents de son mari, pas plus que les amis qu'il avait fréquentés avant leur rencontre. C'était toujours vers sa famille à elle qu'ils se tournaient. Toujours elle qui était à sa place.

Pour la première fois depuis des années qu'ils vivaient ensemble, elle prit conscience d'un manque, sans trop savoir ce que celui-ci recouvrait. Et ce sentiment s'accompagna d'une peur comme elle n'en avait jamais ressentie. Douces ou amères, il y avait des choses qu'il lui fallait apprendre. Rester dans cette ignorance soudain ne lui paraissait plus acceptable.

Dès qu'elle rentra à la maison, Emily alla dans le salon où elle découvrit avec étonnement que Susannah avait de la visite. Une femme âgée, plutôt corpulente, avec un beau visage et des cheveux brillants comme de l'acajou ciré, était assise dans l'un des fauteuils. Debout à ses côtés se

49

tenait un homme plus jeune d'au moins vingt ans, mais qui lui ressemblait beaucoup, sauf qu'il était encore plus séduisant, et ses yeux d'un brun noisette plus pétillant.

Assise face à eux, Susannah était vêtue de bleu et avait enroulé ses cheveux en un chignon élégant. Bien que très pâle, elle avait l'air attentive et joyeuse. Emily ne pouvait qu'imaginer l'effort qu'il lui en coûtait. Après lui avoir présenté ses visiteurs, Mrs. Flaherty et son fils Brendan, elle leur expliqua qu'Emily était sa nièce.

— Tu as fait une promenade agréable ? demanda-t-elle.

— Oui, je vous remercie, répondit Emily en prenant place dans un fauteuil. Je ne m'attendais pas à ce que le bord de mer soit si magnifique. C'est très différent de ce que je connais, beaucoup plus…

Elle chercha le mot qui convenait.

— Sauvage ? proposa Brendan Flaherty. Comme un bel animal, qui ne connaît pas sa force, et qui, quand vous le mettez en colère, vous anéantit, pour la simple raison que c'est dans sa nature.

— Veuillez pardonner Brendan, s'excusa Mrs. Flaherty. Il est extravagant. Il n'avait aucunement l'intention de vous alarmer.

Les joues de Brendan s'empourprèrent, mais Emily eut la certitude qu'il était gêné de voir sa mère ainsi intervenir, et non par ce qu'il venait de dire.

— Je trouve que c'est une parfaite description, rétorqua Emily, qui s'appliqua à sourire pour ne pas paraître impolie. Ce que je trouve beau, c'est la puissance qui s'en dégage, et en même temps, sa délicatesse. Encore à cette saison, on voit de ravissantes fleurs minuscules.

— Une chance que vous les ayez vues aujourd'hui ! s'exclama Mrs. Flaherty. La tempête va les anéantir… Quant à savoir quelle quantité de sable recouvrira tout… Sans parler des algues !

Emily ne trouva rien à répondre. L'expression lugubre de Mrs. Flaherty ne permettait pas de prendre la chose à la légère.

— À l'épicerie, j'ai fait la connaissance de Mrs. O'Donnell, préféra-t-elle dire. Et j'ai posté mes lettres. En revenant, j'ai fait un bout de chemin avec un monsieur très intéressant, un certain Mr. Yorke, qui m'a raconté plusieurs histoires sur le village et la région.

Brendan sourit.

— Ça ne m'étonne pas. C'est notre historien local, le gardien de l'esprit collectif de la région, en quelque sorte. Et il est un peu poète.

Mrs. Flaherty se força à sourire.

— Il prend néanmoins quelques libertés, ajouta-t-elle. En mêlant une bonne part de légendes à ses histoires.

— À défaut d'être exact dans les détails, il l'est sur le fond, affirma Brendan à Emily.

— Tu es trop généreux avec lui, rétorqua sa mère d'une voix cassante. Une partie de ce que l'on fait passer pour de l'histoire n'est que pure calomnie. Des propos de gens désœuvrés qui n'ont rien de mieux à faire…

— Il n'a rien raconté de désobligeant, s'empressa de la rassurer Emily, même si ce n'était pas tout à fait la vérité. Seulement de très vieilles histoires.

— Voilà qui me surprend, commenta Mrs. Flaherty d'un air sceptique.

Elle jeta un regard à Brendan avant de revenir sur Emily.

— Je crains que nous ne soyons qu'un petit village. Nous nous connaissons tous beaucoup trop bien, dit-elle en se levant avec raideur. J'espère que vous vous y plairez. Vous êtes la bienvenue. Nous sommes tous ravis que Susannah ait quelqu'un de sa famille pour passer Noël avec elle.

Le sourire qu'elle afficha soudain illumina son visage, laissant entrevoir la jeune femme qu'elle avait dû être autrefois, impertinente, pleine d'espoir et presque belle.

— J'en suis persuadée, Mrs. Flaherty, mais je vous remercie.

Brendan la salua à son tour, accrochant son regard un instant comme s'il s'apprêtait à dire autre chose, mais devant le coup d'œil impatient que lui jeta sa mère, il se ravisa.

Emily garda l'image de Mrs. Flaherty agrippant le bras de Brendan, non comme si elle avait eu besoin d'un soutien mais plutôt comme si elle n'osait pas le laisser aller librement.

Une fois la porte refermée, elles retournèrent au salon, et Emily observa plus attentivement Susannah.

— C'est un bon jour, lui assura cette dernière. J'ai bien dormi. Le bord de mer t'a plu, c'est vrai ?

— Oui, beaucoup !

Emily était contente de pouvoir être sincère. Elle eut soudain la conviction que, dans la mesure où Hugo avait adoré ces paysages, il importait à Susannah qu'Emily en voie elle aussi la beauté.

— Et Mr. Yorke n'a fait que me raconter une anecdote qui remonte à très longtemps à propos des Flaherty.

Susannah balaya sa remarque d'un geste de la main.

— Oh, ne fais pas attention à Mrs. Flaherty… Son mari avait beau être un personnage haut en couleur, il n'était pas vraiment méchant. En tout cas, c'est ce que je choisis de croire, même si je n'en suis pas moins heureuse de ne pas avoir été mariée avec lui. Sa femme l'adorait, mais je crois qu'elle en garde un souvenir un peu idéalisé. Cet homme était trop beau pour ne pas plaire…

— Je le crois volontiers, confia Emily avec un sourire, revoyant Brendan s'éloigner dans l'allée d'un pas élancé.

Susannah comprit sur-le-champ.

— Oh, et Brendan est comme lui ! Naturellement, il en a profité, et sa mère l'a gâté, en souvenir de son père. C'est en tout cas ce que je pense.

— Elle ne s'est pas remariée ?

Susannah haussa les sourcils.

— Colleen Flaherty ? Dieu du ciel, non ! À ses yeux, personne ne saurait remplacer Seamus. Ils ont pourtant été plusieurs à tenter leur chance !

Mais elle était trop occupée à protéger Brendan de ce qu'elle considérait être les faiblesses de son père. Soit, pour l'essentiel, les femmes, la boisson et une imagination débridée, je dirais. Elle est terrifiée à l'idée que Brendan ne suive la même voie. Je ne suis pas sûre qu'elle lui rende service, mais le lui dire n'aiderait en rien.

— Et il va suivre la même voie ? interrogea Emily.

Susannah la fixa droit dans les yeux, comme si elle cherchait à la sonder, puis détourna le regard.

— C'est possible… J'espère toutefois que non. D'après ce que racontait Hugo, vivre avec Seamus Flaherty était un cauchemar. Les gens qui possèdent ce genre de charme sont capables de vous manipuler comme une marionnette au bout d'un fil. Mais, tôt ou tard, le fil finit par casser. Veux-tu que nous déjeunions ? Cette marche a dû t'ouvrir l'appétit.

— Oui, c'est vrai. Je vais préparer quelque chose à manger, si vous voulez…

— Maggie est passée. Tout est prêt.

— Ah bon ? fit Emily en faisant un geste vers la fenêtre. Elle est venue malgré la tempête ? ajouta-t-elle avec un petit sourire.

— La tempête va arriver, Emily, assura Susannah, qui haussa les épaules en se recroquevillant, comme si des bras venaient de se refermer autour d'elle. Sans doute même dès ce soir…

Au crépuscule, le vent se leva de nouveau, plus tranchant, plus intense, avec quelque chose de plus inquiétant. La nuit tomba très tôt et, après le dîner, pendant qu'elle était occupée à ranger, Emily remarqua qu'il y avait certains endroits de la maison où il faisait froid. Bien que toutes les fenêtres soient fermées, l'air du dehors parvenait à se faufiler. Il semblait n'y avoir aucune accalmie entre les rafales, comme si plus rien dehors ne trouvait le repos.

Malgré les rideaux tirés, Susannah n'arrêtait pas de jeter des coups d'œil vers les fenêtres. On ne percevait aucun bruit de pluie, seulement celui du vent, ainsi que le claquement sec et soudain de petites branches qui frappaient de temps à autre contre les vitres.

Toutes deux furent heureuses de monter se coucher de bonne heure.

— Peut-être que demain le temps se sera calmé, dit Emily avec optimisme.

Susannah se retourna, le teint blême, les yeux remplis de frayeur.

— Non, sûrement pas, murmura-t-elle, le vent noyant ses mots. Pas encore. Peut-être même ne se calmera-t-il plus jamais.

Son bon sens soufflait à Emily de rétorquer que c'était ridicule, mais elle comprit que ce serait inutile. De quoi que parlât Susannah, il s'agissait de quelque chose de beaucoup plus grave que le vent. N'était-ce pas la raison pour laquelle elle avait souhaité la présence de sa nièce ?

Lorsqu'elle se déshabilla, Emily pensa que, à Londres, Jack devait être au théâtre, en train de profiter de l'entracte, de rire en compagnie de leurs amis et d'échanger les derniers potins. À moins qu'il n'ait décidé de ne pas sortir sans elle... Car ce ne serait pas pareil, n'est-ce pas ?

Curieusement, après s'être endormie sans problème, Emily se réveilla en sursaut. Elle ne savait pas du tout quelle heure il était, sinon qu'il faisait nuit noire. Elle ne voyait absolument rien. Le vent, qui s'était intensifié, hurlait sans discontinuer.

Et soudain, il y eut un éclair, si vif qu'il illumina la pièce à travers les rideaux. Le tonnerre suivit presque aussitôt, roulant et grondant comme s'il venait de toutes les directions en même temps.

Emily resta un instant immobile. Un nouvel éclair, très bref, éclaira la chambre tout entière d'une lueur spectrale, puis ce fut de nouveau l'obscurité, et il n'y eut plus que le rugissement du tonnerre et le hurlement aigu du vent.

Repoussant les couvertures, Emily prit un châle sur le fauteuil, s'approcha de la fenêtre et ouvrit les rideaux. Le fracas diabolique lui parut encore plus fort, mais l'obscurité demeurait impénétrable. C'était absurde... Elle en aurait vu tout autant en restant au fond de son lit avec les couvertures remontées sur la tête, comme un enfant.

C'est alors qu'un nouvel éclair déchira les ténèbres et lui fit découvrir un monde en proie au tourment. Des rares arbres du jardin qui s'agitaient dans tous les sens, des branches brisées s'envolaient. Dans le ciel roulaient des nuages si bas qu'ils donnaient l'impression de vouloir raser le sol. Mais ce qui accrocha surtout son regard, ce fut l'océan. Dans la lueur blafarde, il bouillonnait d'écume blanche, se soulevant et s'abaissant comme s'il cherchait à sortir de ses gonds pour déferler sur la terre. On l'entendait hurler par-dessus le vent.

D'un seul coup, l'obscurité retomba. Emily ne distinguait même plus la vitre qui se trouvait à quelques centimètres de son visage. Elle grelottait de froid. Il n'y avait rien à faire, aucun moyen d'agir, pourtant elle resta figée là, comme clouée au plancher.

Lorsque survint l'éclair suivant, presque en même temps que le tonnerre, des pans de lumière pâle fendirent le ciel, suivis de fourches pareilles à des poignards qui plongèrent dans la mer. Et là, parfaitement visible au milieu de la baie, un bateau qui venait du nord luttait, essayant de contourner la pointe pour rejoindre Galway. Il n'y parviendrait pas. Emily en était aussi certaine que si la chose avait déjà eu lieu. La mer allait l'engloutir.

Être dans la maison à l'abri en train de regarder un navire courant droit au naufrage lui parut soudain obscène. Mais elle ne pouvait se contenter de retourner dans son lit, même si ce qu'elle venait de voir n'était qu'un rêve qui se dissiperait au matin. Des gens allaient mourir, suffoquer dans l'eau tandis qu'elle-même était en sécurité et au chaud.

Réveiller Susannah ne servirait sans doute à rien – comme si elle n'était qu'une enfant incapable de faire face toute seule à un cauchemar ! –, et pourtant elle n'hésita pas une seconde. Resserrant son châle sur ses épaules, Emily sortit dans le couloir, une chandelle à la main, et alla frapper à la porte de sa tante, décidée à entrer si jamais elle n'obtenait pas de réponse.

Elle frappa une seconde fois, plus fort et avec plus d'insistance. Dès qu'elle entendit la voix de Susannah, elle se précipita dans la chambre.

Lentement, sa tante se redressa, le visage livide, ses longs cheveux emmêlés. Dans la lueur jaune de la flamme, elle paraissait rajeunie, presque sereine.

— La tempête t'a réveillée ? demanda-t-elle tout bas. Ne t'inquiète pas... La maison a résisté à quantité d'autres.

— Ce n'est pas pour moi...

Emily referma la porte derrière elle, montrant ainsi qu'elle n'avait pas l'intention de s'en aller.

— Là-bas, dans la baie, un bateau est en difficulté. Je suppose que l'on ne peut rien faire, mais je voulais m'en assurer.

Qu'elle était sotte !... évidemment qu'on ne pouvait rien faire ! Elle voulait juste ne pas assister toute seule au naufrage.

L'horreur qu'elle vit alors dans les yeux de Susannah dépassait tout ce qu'elle aurait pu imaginer.

— Susannah... Connais-tu quelqu'un sur ce bateau ?

58

Elle s'approcha vivement et prit les mains de sa tante posées sur la courtepointe. Des mains raides et glacées.

— Non, répondit Susannah d'une voix rauque. Je ne crois pas. Mais ça ne change pas grand-chose. Est-ce qu'on ne se connaît pas tous dans les moments importants ?

Il n'y eut pas de réponse. Côte à côte, elles restèrent devant la fenêtre à scruter l'obscurité jusqu'à ce qu'un nouvel éclair zébrât le ciel, laissant imprimée sur leurs rétines la vision d'un bateau ballotté en tous sens qui se débattait au milieu de vagues gigantesques et luttait pour garder la proue au vent. À la seconde même où il basculerait, il serait avalé par les flots qui l'engloutiraient à tout jamais. Les marins devaient le savoir aussi bien qu'Emily. Toutes deux étaient en train d'assister à un drame inéluctable, et pourtant, elle s'aperçut qu'elle s'était raidie à force d'espérer qu'il en irait autrement.

Se rapprochant de Susannah, Emily lui effleura le bras. Sa tante lui attrapa la main, à laquelle elle s'agrippa fermement. Le bateau maintenait sa progression tant bien que mal vers le sud en direction de la pointe. Une fois qu'il l'aurait dépassée, quelqu'un connaîtrait-il jamais sa destinée ?

— Ils faisaient probablement route vers Galway, dit Susannah, comme si elle avait lu dans ses pensées, mais ils vont sans doute se mettre à l'abri à Cashel, juste derrière la pointe. À cet endroit, la

59

baie est large. Et d'où que souffle le vent, les eaux y sont calmes.

— Est-ce que cela arrive souvent ? demanda Emily, horrifiée.

Susannah ne répondit pas.

— Est-ce déjà arrivé ?

— C'est arrivé une fois… commença Susannah, avant qu'un sursaut de douleur ne l'interrompe, si intense que ses doigts se refermèrent sur la main d'Emily en lui broyant les os.

Alors qu'Emily contemplait la nuit noire, il y eut un nouvel éclair, puis le bateau disparut. Elle le vit dans un moment d'une clarté épouvantable, le mât au-dessus des flots bouillonnants.

Susannah se détourna de la fenêtre.

— Il faut que j'aille prévenir Fergal O'Bannion pour qu'il rassemble les hommes du village. Il se peut que… quelqu'un soit rejeté sur le rivage. On devra alors…

— Je vais y aller, décida Emily en retenant Susannah par le bras. Je sais où il habite.

— Tu ne trouveras jamais ton chemin…

— Je prendrai une lanterne. De toute façon, est-ce très grave si je me trompe de maison ? Si je réveille d'autres gens, ils iront chercher Fergal. Pouvons-nous faire quelque chose de plus que leur donner une sépulture décente ?

— Il se pourrait qu'un naufragé survive, murmura Susannah. Cela s'est déjà produit…

— Je vais chercher Fergal O'Bannion. Restez bien au chaud. Vous n'arriverez sans doute pas à vous rendormir, mais tâchez de vous reposer.

— Fais vite, dit Susannah en hochant la tête.

Emily retourna dans sa chambre, où elle s'habilla en hâte, puis elle prit une lanterne dans l'entrée et sortit. Brusquement, elle se retrouva au milieu d'un véritable maelström. Le vent hurlait tel un chœur en folie. Le temps d'un éclair, elle vit des arbres se briser comme du petit bois. Puis elle se retrouva dans le noir complet, jusqu'à ce qu'elle lève sa lanterne, qui projetait une faible lueur jaunâtre devant elle.

Elle se mit en marche et suivit l'allée encore peu familière, courbée en avant de tout son poids pour lutter contre les rafales. Une fois sur le chemin, elle tituba et éprouva une seconde de frayeur à l'idée de tomber et de casser la lanterne, voire de se couper. Dès lors, elle serait tout à fait perdue.

— Imbécile ! se réprimanda-t-elle. Ne sois donc pas si faible !

Elle se trouvait sur la terre ferme, il lui suffisait de mettre un pied devant l'autre et d'avancer. Tandis que, là-bas, des gens luttaient au milieu de l'océan…

La lanterne brandie si haut qu'elle en avait mal au bras, Emily accéléra le pas, vacillant lorsque le vent la projetait à l'écart du chemin avant de se calmer tout aussi brusquement et de la laisser perdue au milieu de nulle part.

Hors d'haleine, Emily arriva enfin devant le seuil de la première maison. Peu lui importait que ce fût celle ou non de Fergal O'Bannion. Elle frappa plusieurs coups à la porte, mais personne ne répondit. Reculant de quelques pas dans le jardin, elle ramassa des cailloux qu'elle lança contre la plus grande fenêtre. Si jamais elle cassait un carreau, elle s'excuserait, voire le paierait. D'ailleurs, elle aurait volontiers brisé toutes les vitres de la maison si elle avait pu ainsi avoir une chance de secourir l'un des hommes là-bas dans la baie.

Elle jeta les cailloux de toutes ses forces et les entendit rebondir. Le dernier résonna avec un bruit inquiétant.

Un instant plus tard, la porte s'ouvrit sur le visage ahuri et les cheveux hirsutes de Fergal O'Bannion. Il reconnut Emily sur-le-champ.

— L'état de Mrs. Ross a empiré ? interrogeat-il d'une voix rauque.

— Non… Non, un bateau vient de sombrer dans la baie, expliqua Emily, haletante. Ma tante m'a dit que vous sauriez quoi faire… au cas où il y aurait des survivants.

Une expression de panique figea soudain le visage de Fergal, qui s'immobilisa sur le seuil.

— Vous m'avez entendue ? insista-t-elle, affolée.

Il la dévisagea comme si elle venait de le frapper.

— Oui. Je vais demander à Maggie de prévenir les autres. Je vais aller sur la plage, au cas…

Il ne termina pas sa phrase.

— Quelqu'un peut-il survivre à pareil naufrage ? demanda Emily.

Sans répondre, Fergal recula dans la maison, laissant la porte ouverte pour qu'elle le suive.

Quelques minutes plus tard, il redescendit l'escalier tout habillé, Maggie sur ses talons.

— Je vais aller chercher le plus de gens possible, dit-elle après avoir salué brièvement Emily. Va vite sur le rivage. J'apporterai des couvertures et du whisky... Vas-y !

Le visage blanc comme un linge, son mari attrapa une lanterne et s'éloigna dans la nuit.

Emily se tourna vers Maggie.

— Venez avec moi ! lui dit cette dernière. Nous allons prévenir qui nous pourrons.

Puis elle alluma une autre lanterne, serra son châle autour de ses épaules et sortit à son tour.

Ensemble, elles partirent sur la route en luttant contre le vent. Maggie désigna une maison à Emily et lui indiqua le nom de ses occupants pendant qu'elle-même se rendait un peu plus loin. Une maison après l'autre, criant et frappant du poing, parfois jetant des cailloux, elles réveillèrent une dizaine d'hommes pour qu'ils descendent sur le rivage, et autant de femmes qui se munirent de whisky et de couvertures, ainsi que de nourriture.

— La nuit risque d'être longue, dit Maggie d'un air lugubre, les yeux brillants de peur mêlée de pitié.

Par deux ou par trois, les villageois traversèrent les monticules d'herbes et de sable. Emily fut étonnée par le nombre de maisons où elles n'étaient pas allées frapper.

— Ceux qui vivent là ne viendraient pas ? demanda-t-elle, obligée de crier pour se faire entendre. Quand des gens se noient, tout le monde est prêt à aider, non ? Voulez-vous que je retourne essayer ?

— Non, répondit Maggie en lui prenant le bras comme pour la forcer à avancer dans le vent.

Elles étaient maintenant plus près de l'océan, qu'elles entendaient rugir telle une bête gigantesque.

— Mais…

— Ces maisons sont inhabitées ! cria Maggie.

— Toutes ?

Ce n'était pas possible… Elle parlait là de près de la moitié du village ! Emily se souvint alors que le père Tyndale s'était désolé que les jeunes aient été si nombreux à partir, et ce fut comme si un grand vide s'ouvrait sous ses pieds. Le village se mourait. C'était bien ce qu'il avait voulu dire.

Un éclair transperça le ciel, et Emily entrevit l'énormité de l'océan, beaucoup plus proche qu'elle ne l'avait imaginé. Sa puissance et sa sauvagerie étaient terrifiantes, en même temps que d'une incroyable beauté. Elle ressentit une sorte de chagrin lorsque l'obscurité succéda à l'éclair et qu'elle ne distingua plus que les lanternes qui s'agitaient, un bas de robe ou une jambe de pantalon ici et là, ainsi que les ondulations des herbes et du sable en contrebas. Intriguée, elle vit plusieurs des hommes dérouler des longueurs de corde.

Ils s'étaient déployés le long de la plage, certains plus près de l'écume en furie qu'elle ne supportait de le regarder. Que pouvaient-ils faire ? Le plus gros bateau jamais construit n'aurait pu prendre la mer par ce temps. Les hommes à bord seraient écrasés, retournés et entraînés au fond avant même d'avoir parcouru cinquante mètres. En pure perte.

Emily se tourna vers Maggie.

Même dans la lueur tremblotante de la lanterne, Emily perçut la peur dans ses yeux écarquillés, ses mâchoires crispées et sa respiration haletante.

À la lumière d'un éclair, elle aperçut le père Tyndale, le plus éloigné dans la file.

— Je vais apporter du pain et du whisky au prêtre, proposa-t-elle. À moins qu'il ne…

Maggie se força à sourire.

— Oh, il n'a rien contre ! Il a les os aussi glacés que les autres !

Après un bref sourire, Emily s'en fut, penchée contre le vent qui la poussait et la tirait au point d'en avoir mal, ralentie également par le sable fin, assourdie par le fracas des vagues, tâchant de se diriger malgré les embruns qui la trempaient de la tête aux pieds. Le tonnerre était atténué par le rugissement des vagues, mais chaque éclair illuminait la plage d'une lumière blafarde.

Emily rejoignit le père Tyndale qu'elle appela à l'instant même où une énorme vague se brisait en couvrant son cri. Elle brandit le whisky et le pain. Le prêtre lui sourit et les accepta volontiers. Il avala l'alcool d'un trait, déballa le pain qu'il mangea avec voracité, indifférent aux embruns et à la pluie. Même dans l'obscurité étouffante qui les enveloppait entre deux éclairs, il semblait ne jamais détacher son regard de la mer.

Emily se retourna vers l'endroit d'où elle était venue et aperçut la succession de lanternes, qui s'étaient maintenant toutes stabilisées, comme si on les tenait d'une main ferme. Personne ne semblait bouger. Elle n'avait aucune idée de l'heure, ni du temps qui s'était écoulé depuis qu'elle s'était réveillée et avait repéré le bateau.

Se produisait-il de telles catastrophes tous les hivers ? Était-ce pour cette raison qu'ils avaient tous tant appréhendé la tempête, au souvenir des nuits passées à attendre que la mer rejette les noyés ? Peut-être des gens des villages environnants qu'ils connaissaient ?

Le vent était loin d'être retombé, mais il y avait à présent des accalmies entre les éclairs et les grondements de tonnerre. Très lentement, la tempête s'éloignait.

D'un seul coup, après trois autres éclairs, deux des lanternes s'agitèrent en l'air comme pour lancer une sorte de signal. Le père Tyndale saisit Emily par le bras et se mit à courir tant bien que mal dans le sable. Elle se précipita derrière lui en prenant soin de ne pas lâcher sa lanterne.

Le temps qu'ils arrivent à l'endroit où avait été donné le signal, quatre hommes s'étaient déjà encordés, et celui qui se tenait en tête se débattait au milieu des vagues, ballotté et bousculé, mais progressant peu à peu.

L'attente parut interminable jusqu'à ce que les autres commencent à tirer la corde et à remonter sur la plage tapissée d'algues. Les femmes se regroupèrent, leurs lanternes projetant une flaque de lumière sur les hommes trempés qui un par un étaient tirés sur le rivage, épuisés, s'écroulant à genoux et reprenant leur souffle avant de se retourner afin d'aider ceux qui se trouvaient encore derrière.

Le dernier d'entre eux, Brendan Flaherty, portait un corps dans ses bras. D'un pas titubant, il vint le déposer délicatement sur le sable, assez haut pour que les vagues ne puissent l'atteindre. Le père Tyndale lui serra l'épaule et cria quelque chose qui se perdit dans le vacarme du vent et des flots, puis il se pencha au-dessus du corps.

Emily observa les visages des villageois réunis en demi-cercle, la lueur jaune des lanternes éclairant par-dessous leurs traits, leurs cheveux dégoulinants que fouettait le vent et leurs yeux sombres. La pitié était perceptible dans leur confrontation avec la mort et le deuil, mais ce qui l'émut plus que tout, ce fut la peur qui les habitait.

Elle baissa les yeux à son tour pour regarder le corps, celui d'un jeune homme d'une vingtaine d'années. Sa peau d'un blanc crayeux était légèrement bleutée autour des yeux et des lèvres. Ses cheveux, qui dans la lumière paraissaient noirs, étaient plaqués sur son crâne et retombaient en mèches folles sur son front. Très grand, il semblait mince sous sa veste et son pantalon en grosse toile de marin. Mais surtout, il était beau. Son visage était celui d'un rêveur, d'un homme qui avait tout un monde dans la tête.

— Vous le connaissez ? demanda Emily, une pause soudaine du vent lui donnant l'impression de hurler.

— Non, répondit-on. Non…

Pourtant, elle était persuadée qu'ils assistaient là à un drame auquel ils s'étaient plus ou moins attendus. Personne ne paraissait surpris, ni même intrigué, seule était manifeste une atroce certitude.

— Est-il mort ? demanda-t-elle au père Tyndale.

— Non, répondit-il. Viens, Fergal, aide-moi à le hisser sur mon épaule. Je vais l'amener chez Susannah. Il faut le réchauffer et le mettre au sec. Tu resteras avec lui, Maggie ? Ainsi que Mrs. Radley, sans doute ?

— Oui, naturellement, dit Emily. La maison de ma tante est la plus proche et il y a toute la place qu'il faut.

Susannah, qui devait guetter derrière la fenêtre, ouvrit la porte avant même qu'ils aient frappé. On porta le jeune homme à l'étage, non sans maladresse : ses bottes heurtaient le bord des marches et ses mains molles cognaient contre la rambarde. Une fois qu'il fut allongé par terre, les femmes se virent priées de sortir de la chambre. Susannah avait déjà préparé une chemise de nuit, sans doute une de celles d'Hugo. Avait-elle conservé tous ses vêtements ?

Il n'y avait pas de draps sur le lit, uniquement des couvertures.

— Est-ce que je mets… commença Emily.

— Les couvertures sont plus chaudes, l'interrompit Susannah. Nous mettrons des draps plus tard, une fois que le sang circulera mieux.

Sa tante observait le visage du jeune homme avec une tristesse mêlée de crainte, comme si une chose qu'elle redoutait depuis longtemps avait fini par arriver.

Puis elles se retirèrent afin d'aller préparer des bols de soupe chaude pour les hommes et de rassembler tous les vêtements de laine qu'elles purent trouver. Les hommes devraient retourner sur la plage. D'autres marins pourraient être rejetés sur le rivage, morts ou vivants.

Emily, régulièrement remplacée par Maggie O'Bannion, passa une partie du reste de la nuit à veiller le jeune homme, à lui frotter les mains et les pieds, à remplacer les pierres chauffées dans le four qu'on enveloppait ensuite de tissus pour les glisser dans le lit, et à guetter le moindre signe indiquant qu'il avait repris connaissance. Outre que personne ne savait quelle quantité d'eau il avait avalée, son torse, ses jambes et ses épaules étaient couverts de bleus et d'entailles, comme s'il avait heurté l'épave à plusieurs reprises.

— Je ne peux pas vous garder toutes les deux ici comme infirmières, dit Maggie d'un ton sec quand Susannah voulut rester l'aider. D'autant que Mrs. Radley est venue chez vous en visite, pas pour vous regarder vous épuiser en vain.

Susannah obéit avec un sourire maussade et échangea un regard avec sa nièce avant de sortir de la chambre.

— Je n'aurais pas dû lui parler aussi durement, se désola Maggie d'un air coupable. Mais elle...

— Je sais, dit Emily. Vous avez bien fait.

La jeune femme esquissa un bref sourire et se pencha pour envelopper des pierres brûlantes dans un tissu de flanelle. Néanmoins, Emily avait remarqué sa tension, la raideur de ses épaules et la façon qu'elle avait de fuir son regard.

Un peu plus tard, vers six heures du matin, bien que le jeune homme n'eût toujours pas bougé, il était incontestablement réchauffé, et son pouls redevenu régulier. L'aube n'était pas encore levée quand Emily ressortit apporter du whisky et un repas chaud aux hommes qui attendaient sur la plage en scrutant l'océan dans l'espoir qu'il rendrait d'autres corps.

Elle les trouva sans difficulté grâce à la lueur jaune que projetaient les lanternes. Les vagues, pareilles à de gigantesques murs d'eau, se brisaient sur le sable dans un rugissement de plus en plus assourdissant à mesure que montait la marée. Elles venaient déposer de longues langues d'écume jusque sur les herbes, comme pour les arracher.

Emily alla d'abord voir le père Tyndale. Dans la lumière blafarde, il paraissait exténué, ses larges épaules voûtées, son visage sombre.

70

— Ah, merci, Mrs. Radley ! dit-il en acceptant la boisson forte dont il ne but que quelques gouttes afin d'en laisser aux autres. C'est une nuit difficile, ajouta-t-il, les yeux fixés sur l'océan. S'est-il réveillé ?

— Non, mon père… Cependant, il a l'air mieux.

— Ah…

Emily s'efforça de déchiffrer son expression, mais la lumière tremblotante était trop faible. Le prêtre lui rendit la flasque qu'elle apporta à Brendan Flaherty, puis à Fergal O'Bannion et ensuite aux autres hommes. Pour finir, elle remonta vers la maison. Elle songea à Jack qui se trouvait chez eux à Londres dans son lit. Lui manquait-elle ? S'il s'était douté une seconde de ce qu'il lui avait imposé, il s'en serait sûrement abstenu, non ?

Emily dormit pendant environ une heure. Et lorsque Maggie appela son nom en la secouant, il lui sembla presque impossible de s'arracher aux brumes de l'inconscience. L'espace d'une seconde, elle eut même du mal à se rappeler où elle se trouvait.

— Il s'est réveillé, dit Maggie tout bas. Je vais lui chercher à manger. Peut-être voudriez-vous rester avec lui… Il a l'air un peu désemparé.

— Bien entendu.

Emily se rendit compte qu'elle s'était couchée tout habillée, et qu'elle avait des courbatures comme si elle avait parcouru des miles à pied. Puis elle se souvint de la tempête. Le vent soufflait toujours, quoique avec moins de violence.

— A-t-il dit quelque chose ? Lui avez-vous expliqué qu'il était le seul rescapé ? demanda-t-elle.

— Non, pas encore… Je ne sais pas trop comment il va réagir…

Devant l'air coupable de la jeune femme, Emily comprit qu'elle craignait de lui parler. Elle frissonna et alla prendre son châle. La nuit avait été si agitée qu'elle avait oublié de remettre de la tourbe, si bien que le feu s'était éteint. L'air était glacial.

Elle se dirigea vers la chambre où reposait le jeune homme, frappa à la porte et entra sans attendre de réponse. Il était adossé aux oreillers, le visage toujours très pâle, les yeux sombres et creusés. Elle s'approcha du lit.

— Maggie est allée vous chercher à manger. Je m'appelle Emily. Et vous ?

Il réfléchit quelques secondes en clignant des yeux.

— Daniel, finit-il par répondre.

— Daniel comment ?

Il secoua la tête en grimaçant de douleur.

— Je ne sais plus… Je me souviens seulement qu'il y avait de l'eau partout autour de moi… Et que des hommes criaient et luttaient… pour rester en vie. Où sont-ils ?

— Je ne sais pas, avoua Emily avec franchise. Je suis désolée, vous êtes le seul que nous ayons retrouvé. Nous sommes restés toute la nuit, mais personne d'autre n'est venu s'échouer sur la plage.

— Ils se sont tous… noyés ? interrogea-t-il avec lenteur.

— Je crains que oui.

— Tous…

Une profonde souffrance marquait son visage, et sa voix était à peine audible.

— Je ne me rappelle plus combien nous étions. Cinq ou six, je crois. Je ne me souviens même plus du nom du bateau, dit-il en la regardant dans les yeux.

— Je suis sûre que ça va vous revenir. Laissez-vous un peu de temps… Vous avez mal quelque part ?

Daniel sourit d'un air macabre.

— Partout… Comme si j'avais reçu la raclée de ma vie. Mais ça passera…

Il ferma les yeux et, quand il les rouvrit, ils étaient brillants de larmes.

— Au moins je suis en vie.

Il enfonça les mains, qu'il avait fines et puissantes, dans la chaleur moelleuse de l'édredon.

Maggie revint avec un bol de porridge au lait.

— Laissez-moi vous aider, dit-elle. Il doit y avoir un bout de temps que vous n'avez rien mangé.

Elle s'assit à côté du jeune homme en tenant le bol et lui tendit la cuiller. Emily nota que, bien qu'elle eût le sourire, les articulations de ses mains étaient toutes blanches.

Daniel prit la cuiller. D'un geste lent, il la remplit et la porta à sa bouche. Après avoir avalé, il reprit une cuillerée.

Maggie continuait à le regarder, mais ses yeux fixaient un point au loin. Sa main était toujours crispée sur le bol, et Emily vit sa poitrine se soulever au rythme de sa respiration tandis que battait la veine de son cou.

Emily retourna se coucher un moment et s'endormit sur-le-champ. À son réveil, elle aperçut sa tante à côté du lit avec du thé et deux toasts sur un plateau. Susannah le déposa sur la petite table, puis alla ouvrir les rideaux. Le vent gémissait, mais de grands pans de ciel bleu parsemaient le ciel.

— J'ai renvoyé Maggie chez elle pour qu'elle aille dormir un peu, dit Susannah avec un sourire en leur servant à chacune une tasse de thé. Les toasts sont pour toi. Daniel a mangé encore un peu avant de se rendormir, mais pendant que je le veillais, il s'est beaucoup agité. Il doit faire des cauchemars.

— Et il en fera durant longtemps, j'imagine…

Emily but une gorgée de thé et entama un toast beurré.

— Je comprends à présent pourquoi tout le monde redoutait cette tempête…

Susannah releva vivement les yeux et lui sourit sans rien dire.

— Est-ce qu'il y en a souvent des comme ça ? enchaîna Emily.

— Non, pas du tout, répondit Susannah, le regard fuyant. Te sens-tu assez en forme pour aller faire des courses à l'épicerie ? Maintenant que nous avons une personne de plus à la maison, nous allons avoir besoin de deux ou trois choses.

— Mais oui. Cependant, il ne va pas rester longtemps, n'est-ce pas ?

— Je n'en sais rien. Est-ce que cela te dérange ?

— Bien sûr que non.

Néanmoins, un peu plus tard, alors qu'elle longeait le chemin en bordure de mer, Emily se demanda pour quelle raison Susannah avait supposé que le jeune homme resterait un moment chez elle. Dès qu'il se serait remis, nul doute qu'il voudrait partir à Galway prévenir sa famille et les gens à qui appartenait le bateau. Une fois reposé, la mémoire lui reviendrait, et il serait impatient de s'en aller.

En arrivant sur la pente légère qui menait à la plage, Emily contempla l'océan démonté ; de l'écume tourbillonnait à la surface, et les vagues, toujours hautes comme des montagnes, bien qu'elles ne fussent plus surmontées d'une crête maintenant que le vent avait faibli, rugissaient et montaient à l'assaut des herbes à une vitesse effrayante en creusant le sable. L'eau d'un gris opaque ressemblait à du plomb fondu.

À l'épicerie, elle retrouva Mary O'Donnell et la femme qui s'était présentée sous le nom de Kathleen. Dès qu'Emily entra, elles cessèrent de parler.

— Alors, comment allez-vous ? s'enquit aimablement Kathleen, comme si, maintenant qu'Emily avait subi la tempête, elle faisait partie du village.

Mary lui jeta un regard en biais, l'air sur ses gardes, puis s'adressa à son tour à Emily, qui se demanda un instant si elle ne s'était pas trompée.

— Après la nuit dernière, vous devez être fatiguée. Comment va ce pauvre jeune marin ?

— Il est exténué. Mais il a pris un petit déjeuner, et je pense qu'il se sentira déjà mieux demain. En tout cas physiquement. Il se passera un bon bout de temps avant qu'il oublie sa frayeur… et son chagrin.

— Il n'est pas gravement blessé ? interrogea Kathleen.

— À ma connaissance, il ne souffre que de contusions et de coupures superficielles, répondit Emily.

— Et sait-on qui il est ? demanda doucement Mary.

Soudain, un silence emplit la boutique. Mr. Yorke se tenait sur le seuil, immobile. Ses yeux se posèrent sur Kathleen, puis sur Mary. Aucune des deux femmes ne le regarda.

— Daniel, dit Emily. Il semble avoir oublié son nom de famille, du moins pour l'instant.

Le pot de cornichons que tenait Mary O'Donnell lui échappa des mains et se fracassa sur le sol en mille morceaux. Personne ne bougea.

Mr. Yorke finit par s'approcher.

— Je peux vous aider ?

Mary se ressaisit.

— Oh, quelle imbécile je fais ! Je suis vraiment désolée, dit-elle en se penchant pour aider

76

Mr. Yorke qu'elle bouscula dans sa hâte. Quel dommage !

Ne pouvant rien faire d'utile, Emily attendit patiemment. Après que les bris de verre eurent été balayés et le carrelage lavé, il ne resta plus trace de l'incident en dehors d'une marque humide et d'une odeur de vinaigre. Mary examina la liste d'Emily et rangea les courses dans son sac. Personne ne reparla du jeune rescapé. Emily les remercia et ressortit dans le vent. Quand elle se retourna, elle les vit tous les trois agglutinés devant la porte qui la regardaient, le visage blême.

Elle repartit le long du rivage. La marée se retirait, laissant apparaître une bande de sable jonchée d'algues. En apercevant des morceaux de bois brisé aux extrémités déchiquetées, elle réprima un frisson. Provenaient-ils du bateau qui avait sombré ? En tout cas, il s'agissait indubitablement de débris d'un objet fabriqué. On n'avait pas retrouvé d'autres corps, elle le savait. Ils avaient été soit entraînés au large et seraient perdus à tout jamais, soit rejetés plus loin sur une autre plage ou sur les rochers au bout de la pointe. Les imaginer projetés là, déchiquetés et exposés, lui était insupportable.

Malgré l'air vif et le soleil qui perçait à travers les nuages, Emily se sentit envahie par un sentiment d'affliction qui la glaça jusqu'aux os.

Elle n'entendit pas les pas derrière elle. Le sable était mou et le fracas des vagues recouvrait tout.

— Bonjour, Mrs. Radley !

Emily se retourna en serrant son sac contre sa poitrine. Le père Tyndale n'était qu'à deux ou trois mètres, tête nue. Le vent ébouriffait ses cheveux et faisait voltiger les pans de son manteau noir comme les ailes d'un corbeau blessé.

— Bonjour, mon père, dit-elle avec une sensation de soulagement qui la stupéfia – qui donc s'était-elle attendue à voir ? Vous… vous n'avez retrouvé personne d'autre, n'est-ce pas ?

— Non, hélas non ! répondit-il avec tristesse.

— Croyez-vous possible que des marins aient survécu ? Peut-être que le bateau n'a pas coulé… que Daniel a été projeté par-dessus bord.

— Peut-être, admit le prêtre sans conviction. Voulez-vous que je porte vos courses ?

Il tendit la main et, comme le sac était lourd, Emily le lui passa volontiers.

— Comment va Susannah, ce matin ? demanda le père Tyndale.

Son visage exprimait davantage que de l'inquiétude – de la peur.

— Et Maggie O'Bannion… elle va bien ?

— Oui, oui, répondit Emily. Nous sommes toutes trois fatiguées et peinées par ce qui s'est passé, mais rien de plus.

Le prêtre demeura coi, sans même lui faire savoir s'il l'avait ou non entendue.

Emily s'apprêtait à répéter ce qu'elle venait de dire avec plus de vigueur lorsqu'elle s'avisa que les questions du prêtre trahissaient une profonde anxiété, celle-là même qu'elle avait sentie s'accroître depuis le moment où le vent s'était levé. Le père Tyndale ne l'interrogeait pas sur l'état de santé ou le degré d'épuisement de sa tante et de Maggie, mais sur quelque chose tapi au fond du cœur et qui luttait contre la peur.

— Savez-vous qui est le jeune marin qu'on a retrouvé sur la plage, mon père ?

Il se figea brusquement.

— Il s'appelle Daniel, poursuivit-elle. Il semble ne se souvenir de rien de plus. Vous le connaissez ?

Chahuté par le vent, le père Tyndale continua à la regarder fixement, son visage évoquant un masque du malheur.

— Non, Mrs. Radley. J'ignore qui est ce jeune homme ou pourquoi il est venu ici, répondit-il en détournant les yeux.

— Il n'est pas venu ici, mon père, le corrigea Emily. C'est la tempête qui l'a amené sur cette plage. Qui est-ce ?

— Je viens de vous le dire, je n'en ai pas la moindre idée.

Sa réponse avait plus l'apparence d'un déni que d'un simple aveu d'ignorance. Dans ce village, quelque chose n'allait pas. Il se mourait d'une façon inéluctable. La peur qui y régnait n'avait rien à voir avec la tempête. Celle-ci était venue, puis repartie, et pourtant demeurait comme une chappe de ténèbres.

— Peut-être ferais-je mieux de vous demander ce que Daniel représente à vos yeux et à ceux des gens de ce village, mon père, dit brusquement

Emily. Je ne suis pas d'ici, or tout le monde semble savoir quelque chose que j'ignore.

— Daniel, dites-vous ? reprit-il d'un air songeur, une pause soudaine dans le vent faisant paraître sa voix trop forte.

— C'est le nom qu'il m'a donné... Vous paraissez surpris. Le connaîtriez-vous sous un autre ?

Emily perçut la rudesse de sa question dans laquelle se devinait sa propre peur.

— Je ne sais absolument pas de qui il s'agit, Mrs. Radley, répéta le père Tyndale sans la regarder, la souffrance creusant son doux visage.

La main posée sur son bras, elle le retint avec force, l'obligeant soit à s'arrêter, soit à la repousser. Il s'immobilisa devant elle.

— Que se passe-t-il, mon père ? Il y a la tempête, Daniel et autre chose. Tous ici tremblent de peur, comme s'ils avaient su qu'un bateau allait faire naufrage. Qu'est-ce qui ne va pas dans ce village ? Pourquoi Susannah m'a-t-elle voulue auprès d'elle ? Et ne me parlez pas de ces histoires de famille à Noël... Susannah avait coupé les ponts avec la sienne. Son seul amour était Hugo Ross, ainsi sans doute que cet endroit et ces gens. C'est ici qu'elle a été le plus heureuse dans sa vie. Elle a tenu à ce que je sois là pour une autre raison. Laquelle ?

— Je sais bien, ma chère, dit le prêtre avec un regard rempli de compassion, mais elle demande plus que vous n'êtes en mesure de donner, plus que quiconque ne le saurait.

Emily lui serra le bras plus fort.

— Quoi, mon père ? Comment puis-je faire quoi que ce soit si je ne sais pas de quoi il s'agit ?

Avant de répondre, le père Tyndale poussa un gros soupir.

— Il y a sept ans, nous avons subi une tempête semblable à celle-ci. Un bateau a disparu dans la baie, qui lui aussi essayait de rejoindre Galway. Cette nuit-là également, nous n'avons retrouvé qu'un seul survivant, un jeune homme qui s'appelait Connor Riordan. Nous l'avons récupéré à moitié mort sur la plage et nous l'avons soigné. C'était à cette même période de l'année, une quinzaine de jours avant Noël.

Il cligna des yeux, comme si le vent le gênait bien qu'il lui tournât le dos.

— Oui ? l'encouragea Emily. Et que lui est-il arrivé ?

— Il faisait un temps exécrable, poursuivit le père Tyndale, qui donnait l'impression de ne pas s'adresser particulièrement à elle. Ce jeune homme était très beau, un peu comme celui-ci. Des cheveux noirs, des yeux noirs, un air rêveur... Très vite, il s'est intéressé à tout. Et puis il chantait... ah, ça, il savait chanter ! Des chansons tristes, toutes en demi-tons. Des mélopées obsédantes. Il s'est fait des amis. Tout le monde l'aimait bien... au début.

Emily frissonna mais se garda de l'interrompre.

— Il posait toutes sortes de questions, enchaîna le prêtre en parlant plus bas. Des questions troublantes, qui vous incitaient à vous interroger sur votre moralité et vos croyances, sur qui vous étiez vraiment. Ce qui n'est pas toujours confortable…

Il leva les yeux vers les nuages épars qui défilaient à vive allure dans le ciel.

— Ce garçon dérangeait à la fois les rêves et les démons… obligeait les gens à se confronter à des choses obscures auxquelles ils n'étaient pas préparés.

— Et ensuite il est parti ? demanda Emily en cherchant à comprendre le drame qu'exprimait son regard. Pourquoi ? Ce n'était sûrement pas une mauvaise chose. Il a dû rentrer chez lui et s'embarquer sur un autre bateau.

— Non, dit le prêtre, si bas que le vent engloutit sa voix. Non, il n'est jamais reparti.

Emily refoula la peur qui la gagnait.

— Que voulez-vous dire ? Il est encore ici ?

— En quelque sorte.

— Comment cela ?

Maintenant qu'elle avait posé la question, elle n'avait plus envie de connaître la réponse. Il était cependant trop tard.

— Là-bas, dit le père Tyndale en tendant la main. Vers la pointe… C'est là qu'il est enterré. Nous ne l'oublierons jamais. Nous avons pourtant essayé, mais en vain.

— Sa famille n'est pas… n'est pas venue chercher son corps ?

— Personne ne savait qu'il se trouvait ici, se contenta de répondre le prêtre. Il est arrivé de la mer une nuit, alors que tous les autres sur son bateau avaient péri. C'était l'hiver, le vent soufflait, et il pleuvait à verse… Personne d'extérieur au village ne s'est aventuré par ici pendant des semaines, et nous ne savions rien de lui à part son nom.

Emily sentit le froid l'envahir, un froid terrible et douloureux.

— Comment est-il mort ?

— Noyé.

Le père Tyndale donnait l'impression d'avouer une chose si épouvantable qu'il avait un mal fou à l'exprimer à haute voix.

Emily se refusa elle aussi à formuler l'idée qui s'était formée dans son esprit. Connor Riordan avait été tué. Les habitants du village le savaient, et ce secret les empoisonnait depuis des années.

— Qui ? demanda-t-elle tout bas.

Le prêtre ne l'avait pas entendue à cause du vent qui rugissait dans les herbes. Il lut sur ses lèvres, ainsi que dans ses pensées. C'était la première question que n'importe qui aurait posée.

— Je ne sais pas, répondit-il, l'air désespéré. Je suis le père spirituel de ces gens. Je suis censé les aimer et veiller sur eux, soulager leurs chagrins et panser leurs blessures, absoudre leurs péchés… Et pourtant, je n'en sais rien !

Sa voix diminua pour laisser place à un murmure rauque pénible à entendre.

— Depuis, chaque nuit je me pose la question. Comment ai-je pu être confronté à tant de passion, à tant de noirceur, et l'ignorer ?

Emily aurait donné n'importe quoi pour être capable de lui répondre. Elle savait pertinemment que le crime prenait des tours inattendus, aussi subtils qu'atroces, et que rien n'était parfois comme il semblait. Il y avait très longtemps, sa sœur aînée en avait été victime, et pourtant, le jour où la vérité avait enfin été établie, elle avait ressenti plus de pitié que de rage à l'égard de ces êtres si tourmentés qu'ils tuaient et tuaient encore, en proie à une souffrance intérieure que personne n'était en mesure d'apaiser.

— Nous ne le pouvons pas, dit-elle gentiment en relâchant enfin le bras du prêtre. J'ai connu autrefois quelqu'un qui avait tué à plusieurs reprises. Et ce n'est qu'à la fin, quand tout est devenu clair, que j'ai compris.

— Mais ce sont mes paroissiens ! protesta le père Tyndale, un tremblement dans la voix. Je les entends en confession. Et surtout, je sais quels sont leurs passions et leurs haines, leurs craintes et leurs rêves… Comment puis-je les écouter et ne pas savoir qui a commis un tel acte ? Quoi qu'il se soit passé, ils auraient pu venir me parler, auraient dû savoir qu'ils le pouvaient ! Je n'ai pas pu sauver la vie à Connor, dit-il en écartant les bras d'un geste impuissant. Pire encore, je n'ai pas su sauver l'âme de celui ou celle qui l'a tué… ou de ceux qui aujourd'hui encore protègent le coupable. Le village entier se meurt à cause de cela, et je reste impuissant. Je n'ai ni la force ni la foi qu'il faudrait pour les aider.

Emily ne trouva rien à dire qui ne fût banal et ne donnât l'impression qu'elle ne comprenait pas sa souffrance.

Le prêtre baissa les yeux sur le sable qui tournoyait à leurs pieds.

— Et maintenant que cet autre jeune homme est ici, c'est comme si la mort était revenue, comme si tout allait se reproduire une fois de plus... Et je me sens toujours aussi inutile.

Emily avait mal pour lui, mal pour eux tous. Elle comprenait à présent ce que Susannah espérait voir résolu avant de mourir. Pensait-elle que sa nièce en serait capable à cause des expériences auxquelles elle et Charlotte avaient été mêlées lors des enquêtes de Pitt ? Certes, elles avaient découvert certains faits, mais Emily ne savait pas du tout comment mener une enquête, comment deviner ce qui avait de l'importance et ce qui n'en avait pas avant d'aboutir au récit cohérent d'une histoire toujours tragique...

À l'époque où Connor Riordan avait été là, Hugo Ross était encore en vie. Qu'avait-il su ? Susannah avait-elle peur que son mari n'ait été impliqué d'une manière ou d'une autre, par exemple en protégeant quelqu'un des foudres de la loi sous prétexte qu'il appartenait à son monde ? Ou bien que l'on ne fasse des reproches à Hugo une fois qu'elle ne serait plus là pour défendre sa mémoire ?

Emily avait envie de lui venir en aide avec une ardeur qui la consumait autant qu'elle la stupéfiait, mais comment s'y prendre ? Elle n'en avait aucune idée.

Le père Tyndale le vit dans son regard. Il secoua la tête.

— Vous ne pouvez pas, ma chère. Je vous l'ai dit. Ne vous faites pas de reproches. J'ai connu ces gens toute leur vie, et moi-même j'ai échoué. Comment le pourriez-vous, vous qui n'êtes ici que depuis quelques jours et venez d'un pays étranger ?

Néanmoins, tandis qu'Emily réfléchissait à cet argument tout en déballant les courses sur la table de la cuisine pour que Maggie les range, elle n'y trouva rien qui la consolât.

Elle se rendit ensuite dans le salon, où elle trouva Daniel vêtu d'habits beaucoup trop larges pour lui bien qu'ils fussent à la bonne longueur. Ils avaient dû appartenir à Hugo Ross, ce qu'un bref coup d'œil à Susannah lui confirma.

— Merci de vous être occupée de moi, Mrs. Radley, dit Daniel avec un sourire qui donna une soudaine chaleur à son regard intelligent. Je me sens bien, malgré quelques douleurs et des bleus dont un boxeur professionnel serait fier…

Il haussa les épaules.

— Malgré tout, je ne me souviens toujours pas de grand-chose, sinon d'avoir étouffé, eu froid et cru que j'allais mourir.

— Comment vous appelaient les autres marins ? demanda Emily sans se préoccuper de discrétion.

Le jeune homme hésita, cherchant dans sa mémoire.

— Daniel, j'imagine. C'est tout ce que je me rappelle.

— Et eux, comment s'appelaient-ils ? insista-t-elle.

— Il me semble qu'il y avait un… Joe. Et aussi un type très grand couvert de tatouages, qui s'appelait Wat ou quelque chose comme ça… Ils ont tous disparu ? Vous en êtes certaine ?

— Nous sommes dans l'incertitude, répondit Susannah. Nous avons attendu toute la nuit, mais personne d'autre ne s'est échoué sur la plage. Je suis navrée.

Sa voix était douce, cependant ses yeux scrutaient le visage de Daniel. Qu'y cherchait-elle ? Les traces d'un mensonge ? Le souvenir d'autre chose ? Ou bien voyait-elle en lui le fantôme de Connor Riordan et la tragédie qu'il avait entraînée ?

— Quel jour sommes-nous ? demanda soudain Daniel en regardant les deux femmes tour à tour.

— Samedi, répondit Emily.

— Il y a sûrement une église au village. J'ai aperçu un prêtre. J'aimerais aller à la messe demain matin. Il me faut remercier le Seigneur de m'avoir épargné, et surtout, prier pour les âmes de mes camarades. Peut-être me sera-t-il accordé de retrouver la mémoire… Nul homme ne devrait mourir dans une solitude telle que son nom ne soit pas prononcé par ceux qui lui ont survécu.

— Oui, bien sûr, s'empressa de dire Susannah. Je vous y emmènerai. Ce n'est pas loin.

Emily se raidit imperceptiblement.

— Vous êtes certaine de vous sentir assez bien ?

Elle voulait trouver une excuse, n'importe quoi pour que sa tante n'aille pas à l'église. Que Daniel souhaite aller à la messe était normal, qu'il veuille en faire dire une pour ses camarades également – quel homme convenable ne l'aurait pas voulu ? Il n'avait certainement jamais entendu parler de Connor Riordan, dont la mort n'avait aucun lien avec cette tempête ou ce deuil. Il était néanmoins possible que son visage évoquât des fantômes aux habitants du village, et que l'un d'entre eux au moins se sentît coupable.

— Oui, évidemment, répondit Susannah d'un ton un peu trop vif. Nous nous sentirons tous en meilleure forme après une bonne nuit.

Cependant, lorsqu'elle descendit à la cuisine le lendemain matin, Susannah était si faible qu'elle dut s'appuyer au dossier d'une chaise pour ne pas perdre l'équilibre.

Se levant d'un bond, Emily la rattrapa et l'aida à s'asseoir.

— Je vais très bien, assura Susannah d'une petite voix. J'ai seulement besoin de prendre un petit déjeuner. As-tu vu Daniel, ce matin ?

— Pas encore, mais je l'ai entendu se lever. Je vous en prie, ma tante, retournez dans votre lit. Vous n'êtes pas assez vaillante pour marcher jusqu'à l'église. Le vent souffle encore très fort.

— Je te l'ai dit, je me sentirai beaucoup mieux après avoir bu du thé et mangé quelque chose…

— Susannah ! l'interrompit Emily. Vous n'allez pas vous rendre à l'église dans cet état ! Cela mettra tout le monde dans l'embarras, à commencer par vous… alors qu'il faudrait être là pour remercier le Seigneur d'avoir épargné Daniel et rendre hommage aux disparus.

— Daniel ne peut pas aller tout seul à…

— Je l'accompagnerai. L'église ne doit pas être difficile à trouver.

— Tu n'es pas catholique, fit valoir Susannah, un vague sourire au fond des yeux.

— Parce que *vous*, vous l'êtes ? Vous vous êtes convertie pour épouser Hugo, non ?

Susannah eut un sourire triste.

— Au départ, c'était pour lui. Mais plus par la suite. Surtout après sa mort, dit-elle plus bas. Je suis devenue croyante parce que lui l'était. Croire me rappelle tout ce qu'il a été.

Emily se sentit envahie d'un immense chagrin. Et elle se rendit compte avec désagrément que si elle connaissait en détail les affaires politiques de Jack – elle l'avait aidé dans toutes sortes de projets et de batailles, et était fière de ce qu'il avait accompli –, elle ne savait rien de ses convictions religieuses. Tous deux allaient presque chaque dimanche à l'église pour faire comme tout le monde. Ils n'avaient jamais discuté de la raison pour laquelle ils y allaient.

— Ce sera une bonne occasion pour moi d'observer, dit-elle. Si c'est par ignorance que l'on ne croit pas en quelque chose, c'est une mauvaise raison.

— Mais tu ne comprends pas…

— Pourquoi tenez-vous tant à y aller ? demanda Emily, terminant la phrase à sa place. Eh bien, je sais… Le père Tyndale m'a raconté.

Susannah se troubla.

— Raconté quoi ? Il t'a parlé de l'église ?

— Non, de Connor Riordan… et de ce qui s'est passé il y a sept ans.

— Oh, il t'a raconté…

— N'est-ce pas pour cela que vous vouliez que je vienne ? insista Emily. Pour que je vous aide à découvrir la vérité ?

— Je ne savais pas qu'une tempête aussi violente se déchaînerait, murmura Susannah, le teint blême. Et personne n'aurait pu se douter que Daniel serait rejeté sur la plage.

— Certes. Il n'empêche que vous voudriez savoir qui a tué Connor et éprouvez au fond de vous la certitude qu'Hugo a protégé quelqu'un qui lui était cher par loyauté ou par pitié.

Le sang parut se retirer du visage de Susannah.

— J'emmènerai Daniel à l'église, répéta Emily. J'observerai tout avec attention et je vous raconterai. Ne vous inquiétez pas du déjeuner. Il y a de la viande froide, et préparer des légumes ne prendra pas longtemps.

Elle s'en alla sur la route en compagnie de Daniel, qui avait revêtu l'un des plus beaux costumes d'Hugo. Bien qu'il flottât dans la veste, il se garda de tout commentaire et se contenta de sourire en touchant le tissu d'un air appréciateur.

Ils parlèrent peu. Daniel était encore faible et meurtri, et il lui fallait faire preuve d'autant d'efforts que de discipline pour donner l'impression de marcher avec aisance à un pas raisonnable malgré le vent.

Emily songea à sa famille restée à Londres, se demandant avec une pointe d'ironie ce qu'aurait pensé Jack s'il l'avait vue marcher d'un bon pas sur un chemin de terre dans un village inconnu, accompagnée d'un jeune homme qu'avait rejeté l'océan. Et, pour couronner le tout, elle le conduisait dans une église catholique… Ce n'était certainement pas ce que son mari avait dû avoir en tête quand il l'avait convaincue d'abandonner ses enfants à Noël !

Puis, alors que le vent gonflait ses jupes, manquant lui faire perdre l'équilibre, elle repensa à Susannah et à son mariage avec Hugo Ross. Son père avait-il jamais rencontré Hugo ? Avait-il renié Susannah sans savoir ce qu'elle avait choisi à la place d'un mariage conventionnel ? Dans sa jeunesse, elle l'avait fait une fois, avec docilité. La mort de son premier mari l'avait libérée. Sa tante s'était remariée avec Hugo par amour et le perdre l'avait privée de ce qui représentait l'essentiel de sa vie. Depuis, elle marchait toute seule vers cet horizon par-delà lequel ils seraient de nouveau réunis.

Emily et Daniel arrivèrent devant l'église basse en pierre. En entrant, elle vit qu'elle n'était qu'à moitié pleine, comme si elle avait été prévue pour une assemblée beaucoup plus nombreuse. Elle remarqua le regard étonné du père Tyndale, qui incita les gens à se retourner en les dévisageant tandis qu'ils prenaient place au fond de l'église. Les dames de l'épicerie étaient là, assises à côté d'hommes et d'enfants de leur famille. Elle aperçut également Fergal et Maggie O'Bannion, ainsi que Mrs. Flaherty, assise à côté de Brendan, qu'elle ne reconnut qu'à sa crinière de cheveux bouclés. Elle supposa que la tête grise et broussailleuse était celle de Padraic Yorke.

À côté d'elle, Daniel s'agenouilla lentement pour une prière silencieuse. Emily se demanda si lui revenait le souvenir des camarades qu'il avait perdus, et son cœur se serra en songeant à la confusion et à la solitude déchirante qu'il devait ressentir.

Le service lui sembla étrange – elle avait sans cesse l'impression d'avoir un temps de retard sur les autres –, et pourtant, à son corps défendant, elle dut admettre qu'il y avait là une certaine beauté, et même quelque chose de vaguement familier, comme si elle avait déjà assisté à une messe autrefois. En regardant le père Tyndale bénir le pain et le vin d'un air solennel, elle le vit sous un jour différent : l'homme intègre qui faisait de son mieux pour ses voisins avait laissé la place, pendant quelques brefs instants, au berger de son peuple, et la souffrance qui marquait son visage lui apparut avec une netteté terrifiante.

Cependant, elle était là pour observer à la place de Susannah. Tant que durerait la messe, elle ne pourrait voir les gens que de dos. Fergal et Maggie O'Bannion étaient assis tout près l'un de l'autre, lui changeant constamment de position de façon que son bras touche celui de sa femme, elle s'éloignant dès que possible, comme s'il l'encombrait. Se sentaient-ils aussi isolés que le suggérait leur attitude ?

Mrs. Flaherty avait une main posée sur le bras de Brendan, et il eut beau la repousser franchement, sa mère la remit au même endroit une seconde plus tard. Jetant un coup d'œil en biais à Daniel, Emily comprit qu'il l'avait remarqué lui aussi. Était-ce un hasard ? Le visage figé dans une expression solennelle, toute trace d'humour ayant déserté ses grands yeux creusés et sa bouche délicate, il lui donna l'impression d'observer les gens tout autant qu'elle.

Après la messe, il en alla de même. Fergal et Maggie parlèrent au père Tyndale, l'air de n'être proches physiquement que par hasard. Tous deux paraissaient mal à l'aise. Quelque chose les dérangeait. Lorsqu'elle se tourna vers Daniel, l'idée la traversa qu'il ressentait exactement la même chose.

Pendant que Brendan Flaherty était occupé à parler à une jeune fille, sa mère traînait non loin de là en faisant des gestes comme pour l'interrompre. Une femme d'âge moyen s'interposa. Mrs. Flaherty lui adressa une remarque qui, à en juger par l'expression des autres, avait dû être cinglante. La femme rougit. La jeune fille recula d'un pas, et Brendan lui-même se retourna d'un air blessé, laissant sa mère en position défensive, bien qu'elle n'eût personne à protéger.

Fergal O'Bannion s'adressa à Brendan sur un ton moqueur et prit la main de Maggie dans la sienne. Celle-ci se figea, le désarroi perceptible dans ses yeux, puis elle dit quelque chose à Fergal en refermant son autre main sur la sienne. Emily eut la conviction que son geste était plus destiné à le calmer qu'à lui montrer de l'affection.

Brendan prononça quelques mots d'un ton désinvolte, trop bas pour qu'Emily puisse les distinguer. Maggie sourit en baissant les yeux. Fergal adopta une attitude qui lui donnait un air vaguement agressif.

Au moment où Brendan se tourna vers Maggie, Emily crut déceler dans son regard une tendresse qui dépassait de très loin l'amitié. Mais il n'y eut bientôt plus chez lui qu'une aimable courtoisie, au point qu'elle ne fut plus tout à fait certaine de ce qu'elle venait de découvrir.

Elle se tourna vers Daniel, curieuse de voir s'il avait remarqué quoi que ce soit, mais il était en train d'observer Padraic Yorke.

— On dirait que ça les a profondément affectés, lui souffla le jeune homme.

Emily le dévisagea sans comprendre.

— Le naufrage du bateau, précisa-t-il. Vous croyez qu'ils connaissaient certains des marins ? Ou des membres de leurs familles ?

— Je ne pense pas que l'on sache qui ils étaient, répondit-elle. Non que ça ait une quelconque importance. Toute mort représente une perte. Il n'est pas nécessaire d'avoir connu les gens pour éprouver ce sentiment.

— On sent dans l'air comme une lourdeur, observa Daniel. Comme s'il suffisait d'une étincelle pour que tout s'embrase. Ce sont de braves gens, ajouta-t-il d'une voix si basse qu'elle l'entendit à peine. Pleurer ainsi des personnes que l'on n'a pas connues… Sans doute y a-t-il une humanité commune aux meilleurs d'entre nous, et jamais rien autant que la mort ne rapproche les vivants. Je regrette néanmoins de ne pas pouvoir évoquer le nom de mes camarades, conclut-il en se mordant la lèvre.

Emily garda le silence. Ce qui hantait le village n'était pas la disparition des marins, mais le meurtre de Connor Riordan, en même temps que la certitude que l'un d'entre eux était le coupable.

— Je vous comprends, dit-elle après une seconde d'hésitation.

Les morts du bateau représentaient le seul lien qu'avait Daniel avec l'homme qu'il avait été. Sans eux, il ne retrouverait peut-être jamais cette part de lui-même. Tout ce qu'ils avaient vécu ensemble – les rires, les triomphes et les peines – serait à jamais perdu.

— Je suis désolée, ajouta Emily avec une réelle sincérité.

Le jeune homme lui sourit, et son sourire transforma son visage de telle façon qu'elle vit soudain en lui le petit garçon qu'il avait été seulement quelques années auparavant.

— Mais je suis en vie ! Et ce serait mal remercier le Seigneur qui m'a sauvé de ne pas lui en être reconnaissant, vous ne pensez pas ?

Sans attendre sa réponse, il se dirigea vers le petit groupe de gens le plus proche auquel il se présenta, expliquant à quel point il leur savait gré de leur hospitalité, et du courage des hommes qui avaient passé une nuit entière dans le vent pour le ramener vivant.

Emily le regarda s'approcher de chacun en répétant la même chose, scrutant leurs visages et écoutant leurs paroles. Un peu comme s'il cherchait désespérément à trouver un écho familier parmi eux, quelqu'un qui connaîtrait les marins et le désastre, et qui serait à même de le comprendre.

Alors que les fidèles s'en allaient et qu'il ne restait plus que cinq ou six personnes, Emily attendit sur le chemin de terre entre les tombes, à quelques mètres du père Tyndale qui disait au revoir à un vieux monsieur aux cheveux blancs. Le regard du prêtre semblait fixer un point derrière l'homme, à l'endroit même où Daniel était en train de s'entretenir avec Brendan Flaherty. Brusquement, Emily vit l'horreur assombrir son regard, comme s'il s'était déjà passé la même chose autrefois.

Emily et Daniel repartirent à pas lents vers la maison. Le jeune homme paraissait fatigué, et elle devina à la façon qu'il avait de remonter son manteau sur ses épaules que ses blessures continuaient à le faire souffrir. Sans doute avait-il eu de la chance que l'épave ballottée par la mer ne l'ait pas blessé davantage. Il semblait perdu dans ses pensées, comme si la douleur lancinante dont le village était la proie venait s'ajouter à la sienne.

Il n'était pas possible de continuer ainsi. Quelqu'un se devait de découvrir la vérité sur la mort de Connor Riordan. Quelle qu'en soit l'issue, cela vaudrait mieux que d'être rongé par le doute. La présence de Daniel avait ravivé la peur, comme s'il l'avait tirée malgré lui d'un long sommeil.

Soudain, il prit la parole, faisant sursauter Emily.

— Vous n'êtes pas catholique, n'est-ce pas ?

Ce n'était pas une question mais une affirmation.

— Non, répondit-elle, surprise. Pardonnez-moi. Avais-je l'air tant que cela de ne pas être à ma place ?

Daniel se fendit d'un sourire. Il avait de belles dents, très blanches et légèrement irrégulières.

— Pas du tout. De temps en temps, c'est bien de voir à travers le regard d'un étranger. Nous prenons trop souvent les choses comme allant de soi. Votre tante était-elle catholique avant de venir ici et de se marier ?

— Non.

— C'est ce que je pensais. Ce qu'elle a fait n'est pas banal. Elle devait beaucoup aimer son mari. Si j'avais de l'argent, je parierais volontiers que le Connemara ne ressemble en rien à l'endroit d'où elle vient.

— Et vous gagneriez ! avoua Emily en lui rendant son sourire.

— Plus du double, je suppose, dit-il tristement. Votre famille n'a pas dû être contente.

— Non. Mon père, qui est décédé depuis, en a été très contrarié.

Il se tourna vers elle, lui donnant la désagréable impression qu'il savait qu'elle esquivait la vérité, en taisant le rôle qu'elle-même avait pu jouer.

— Vous appartenez à l'Église anglicane, conclut Daniel.

— Oui.

— D'après ce que je sais, c'est très important, cette différence qui existe entre nous... Mais je ne suis pas à même d'en juger. En est-il vraiment ainsi ?

— C'est une question de fidélité, répondit Emily, répétant les propos qu'elle avait toujours entendu tenir son père. La première de nos fidélités va à notre pays.

— Je vois, dit Daniel, l'air perplexe.

— Non, vous ne voyez pas !

Elle ne parvenait pas à exprimer ce qu'elle voulait dire.

— Le problème, reprit-elle, c'est votre loyauté envers Rome.

— Envers Rome ? Vous voulez dire envers Dieu... ou envers l'Irlande !

Il se moquait d'elle, pourtant elle trouva impossible de lui en vouloir. Formulé de cette façon, c'était absurde ! Cette séparation tenait de la bêtise et n'avait rien à voir avec la loyauté ! Parler d'obédience et de conformisme était plus proche de la vérité.

— Vous n'étiez encore jamais venue rendre visite à votre tante ?

Le nier eût été inutile. Tout le monde voyait bien qu'elle était une étrangère.

— Elle est très malade.

Ce qui, là encore, relevait de l'évidence, et impliquait qu'Emily se serait abstenue de venir, Susannah eût-elle été en bonne santé. À la vérité, elle ne l'aurait jamais fait si Jack ne l'en avait pas persuadée. Ce qu'il pensait d'elle lui importait plus qu'elle ne l'aurait imaginé et l'avait emporté. Mais cela ne regardait pas Daniel non plus…

— C'est pour cette raison que vous êtes venue vous occuper de votre tante ?

— Non, je suis venue passer Noël avec elle.

— C'est un bon moment pour pardonner, dit le jeune homme en hochant la tête.

— Je ne lui pardonne pas ! rétorqua Emily.

Daniel tressaillit.

— Je ne lui pardonne pas parce qu'il n'y a rien à pardonner ! fit-elle avec colère. Épouser l'homme de son choix était son droit.

— Mais votre père lui en destinait un autre ? De confession anglicane ? Qui peut-être avait de l'argent ?

Il regarda sa cape en laine fine avec un joli col de fourrure, puis ses bottines en cuir ciré qui soufraient un peu sur le chemin.

— Non. Notre famille est à l'aise, mais sans plus. Mon premier mari avait de la fortune, et un titre. Il est décédé.

— Je suis désolé, dit Daniel, pris immédiatement de compassion.

— Merci… Mais j'aime beaucoup mon second mari.

Elle sentit dans sa voix qu'elle était sur la défensive.

— A-t-il lui aussi de l'argent et un titre ?

— Non, pas du tout ! répondit Emily avec vivacité, comme si lui poser une telle question était une insulte. Il n'a ni argent ni titre, ni aucune perspective d'en avoir un jour. Je l'ai épousé parce que je l'aime. Il est député au Parlement et réalise d'excellentes choses.

— Et votre père s'en félicite ? Oh, j'oubliais… Vous m'avez dit qu'il était mort. A-t-il vu un inconvénient à ce que vous épousiez un homme qui n'a pas de titre ? demanda-t-il en s'appliquant à marcher à la même allure qu'Emily. Avez-vous bravé sa colère, comme votre tante Susannah ? Je comprends à présent pourquoi vous êtes venue… Vous éprouvez pour elle une sympathie naturelle. Vous n'êtes pas vraiment le mouton noir de la famille, mais, tout de même, vous êtes d'une couleur différente !

Emily eut envie de rire, en même temps que de se fâcher. Elle avait pris un gros risque en épousant Jack Radley et cela la mettait mal à l'aise. Il n'avait pas le moindre sou, alors qu'elle-même était riche, mais surtout, il possédait un charme incroyable. Il faisait son chemin en se montrant un invité si distrayant lors des soirées mondaines qu'il n'avait pratiquement jamais eu à payer le toit sous lequel il dormait. En revanche, il était drôle, gentil, et courageux lorsqu'une situation se révélait difficile ou périlleuse. Ses plus belles qualités, elle les avait cependant découvertes après leur mariage.

Néanmoins, Emily avait accepté de l'épouser sans avoir eu à défier la colère de son père, ni à perdre un seul penny de l'argent dont elle avait hérité lorsqu'elle s'était retrouvée veuve. Aurait-elle eu le courage d'épouser Jack si sa situation n'avait pas été aussi facile ? Elle l'espérait, même si elle n'avait jamais eu à en apporter la preuve. Comparée à Susannah, elle était une femme superficielle, et pourtant, elle n'avait pas hésité à émettre un jugement sur sa tante.

— C'est très gentil à vous d'être venue, surtout à Noël, dit Daniel, la tirant de ses pensées. Vous devez manquer à votre mari.

— Je l'espère ! s'exclama Emily avec une intensité qui la surprit.

Qu'en était-il en réalité ? Jack avait été très prompt à l'engager à partir. Elle essaya de se remémorer les dernières semaines qui avaient précédé l'arrivée de la lettre de Thomas. Jack et elle avaient-ils été proches au-delà de la courtoisie habituelle ? Son mari était toujours plaisant. Mais il l'était avec tout le monde. Et ainsi qu'elle venait de se le rappeler à l'instant, c'était elle qui possédait de la fortune. Ou plus exactement Edward, le fils qu'elle avait eu avec George. C'était uniquement à travers lui qu'elle avait hérité du manoir d'Ashworth et de tout ce qui allait avec.

Jack se languissait-il d'elle ? Ou prenait-il du bon temps en profitant de la sympathie, et de l'hospitalité, de la moitié des femmes de Londres sur lesquelles il exerçait la même séduction, ou presque, que sur elle-même ?

Agacée, elle se rendit compte que Daniel l'observait, qu'il scrutait son visage comme pour deviner ce qu'elle ressentait. Ce « je l'espère » l'avait trahie.

— Il doit s'occuper de mes enfants, ajouta-t-elle un peu sèchement.

Aussitôt, elle regretta de ne pas avoir dit « nos enfants ». « Mes » avait un côté propriétaire, défensif. Mais se reprendre l'aurait fait apparaître encore plus vulnérable.

— C'est très gentil à vous, répéta Daniel. Susannah a-t-elle des enfants, elle aussi ? Elle n'en parle pas, et je n'ai vu aucune photo.

— Non, elle n'en a pas.

— Alors, elle n'a que vous ?

— Pas du tout !

Cette idée lui donnait l'impression épouvantable d'avoir abandonné Susannah pendant toutes ces années…

— Ma mère voyage en Europe et ma sœur est souffrante.

— Elle est invalide ?

102

— Loin de là. Elle est en excellente santé, elle a juste attrapé une bronchite.

— Elle ne participera donc pas aux fêtes de Noël.

— Ma sœur fréquente très peu les soirées mondaines. Elle est mariée à un policier – de haut rang.

Emily ignorait pourquoi elle s'était crue obligée de préciser ce dernier détail. Pitt était de condition assez modeste, à l'époque où Charlotte l'avait épousé. Elle aussi s'était mariée par amour, sans se préoccuper de ce que les autres pensaient. Rétrospectivement, Emily regrettait le temps où elle et sa sœur avaient joué un rôle dans certaines enquêtes difficiles que menait Pitt. Depuis qu'il avait été nommé à la Special Branch, ce genre de participation n'avait été que rarement possible. Les bals, le théâtre, les dîners avaient beau être fort amusants, au bout d'un moment, tout cela manquait de profondeur, apparaissait comme un monde futile plein d'esprit et d'élégance mais dépourvu de passion.

— Je vous ai froissée, murmura Daniel d'un air contrit. Je suis désolé. Vous avez été si gentille avec moi que j'avais envie de mieux vous connaître. Je me rends compte que mes questions manquent de tact. Veuillez me pardonner.

— Non, pas du tout, mentit Emily, préférant nier qu'il venait de mettre le doigt sur des vérités embarrassantes.

Elle ne se plaignait de rien, il ne fallait surtout pas qu'il pense le contraire. Elle le regarda pour s'assurer de s'être bien fait comprendre. Malgré son sourire, elle ne parvint pas à deviner le fond de sa pensée. Elle en tira la conclusion qu'il l'avait comprise beaucoup mieux qu'elle ne l'eût souhaité.

Dans une aussi soudaine que douloureuse clarté, Emily repensa à ce que le père Tyndale avait dit à propos des questions qu'avait posées Connor Riordan, exposant les vulnérabilités d'autrui de telle sorte qu'il n'était plus possible de se mentir ni de les ignorer. De qui avait-il mis à nu les rêves jusqu'à l'intolérable ? Avait-il seulement eu conscience de ce qu'il faisait ? Est-ce que la même chose se répétait, en commençant cette fois par elle ?

Fallait-il continuer dans cette voie ? En aurait-elle l'audace ? L'autre solution risquait de s'avérer pire encore – une lâcheté qui laisserait mourir le village. Elle devrait réfléchir très sérieusement à la façon de mener l'enquête, ne pas se contenter d'arrondir les angles en ignorant les peurs et les doutes pour en fin de compte n'aboutir à rien. Une fois qu'elle aurait commencé, il serait moralement impossible d'arrêter avant que toute la vérité ait éclaté au grand jour. S'y sentait-elle prête ? Avait-elle seulement la compétence pour entreprendre une telle chose, a fortiori pour faire face aux conséquences ?

Mieux valait ne pas en parler à Susannah, qui avait déjà bien assez de son propre désarroi, et pourtant, elle ne voyait pas comment réussir sans son aide. À la seconde même où elle se fit cette réflexion, Emily réalisa que sa décision était prise. L'échec serait sans doute une tragédie, mais ne rien tenter équivaudrait à une défaite.

Emily ne trouva pas l'occasion de parler à Susannah en tête à tête avant l'heure du thé, pendant laquelle Daniel préféra monter dormir, souffrant encore de ses contusions et blessures et se sentant submergé par la fatigue, sans parler de la tristesse. Elle n'avait pas beaucoup réfléchi à la solitude qu'il devait ressentir, à ce deuil sur lequel il ne pouvait mettre aucun nom ni visage et qui le laissait face à un vide abyssal.

Emily et Susannah s'installèrent au coin du feu avec du thé et des scones, accompagnés de beurre, de confiture et de crème. Emily regrettait les flammes dansantes qui jaillissaient d'un feu de bûches ou de charbon, mais elle s'était habituée à l'odeur terreuse de la tourbe.

Elle raconta à sa tante la matinée à l'église, puis son retour avec Daniel, sans oublier de mentionner les questions qu'il lui avait posées et comment celles-ci avaient perturbé ses pensées, l'amenant à mieux comprendre ce qu'avait voulu dire le père Tyndale à propos de Connor Riordan.

L'air sombre et troublé, Susannah demeura un long moment immobile sans répondre.

— N'est-ce pas en fait pour cette raison que vous vouliez que je sois là ? demanda gentiment Emily en se penchant un peu en avant.

Se montrer aussi directe lui déplaisait, mais elle ne savait pas de combien de temps elles disposaient pour poursuivre cette conversation.

— En vérité, j'avais écrit à Charlotte, dit Susannah sur un ton d'excuse. Mais c'était avant que Thomas me dise que tu l'avais beaucoup aidé au début toi aussi. Je suis désolée. Nous n'avons pas de temps à perdre en politesses et faux-fuyants.

— Non, convint Emily. J'ai besoin de votre aide. Souhaitez-vous me l'apporter ? Sinon, tombons d'accord pour ne rien faire.

— Ne rien faire... Un tel comportement me semblerait de la faiblesse, de la malhonnêteté...

— Ou de la discrétion ?

— Dans ce cas, ce serait plutôt un euphémisme pour lâcheté, observa Susannah.

— De quoi avez-vous peur ? Que le coupable soit quelqu'un que vous appréciez ?

— Naturellement...

— Savoir de qui il s'agit ne vaut-il pas mieux que de suspecter tout le monde ?

Même à la lueur des chandelles, Susannah était d'une extrême pâleur.

— Sauf si c'est quelqu'un qui m'importe particulièrement.

— Comme le père Tyndale ?

— Ça ne peut pas être lui, affirma aussitôt Susannah.

— Une personne qu'Hugo aimait bien ? Ou qu'il protégeait ?

Sa tante esquissa un sourire.

— Tu crois que j'ai peur que ça n'ait été lui, dans l'intention de protéger le village de l'œil inquisiteur de Connor ?

— N'est-ce pas le cas ?

Emily rechignait à le formuler ainsi, mais une fois la question posée, toute dérobade serait en soi une réponse.

— Tu ne connaissais pas Hugo, répondit doucement Susannah, la voix pleine de tendresse.

On aurait dit que les années écoulées depuis sa mort s'étaient effacées et qu'il venait de sortir de la maison pour aller faire un tour.

— Mais ce n'est pas de ma peur que tu parles, ma chère Emily, c'est de la tienne.

— De la mienne ? répéta Emily d'un air incrédule. Peu m'importe qui a tué Connor Riordan, en dehors du fait que cette histoire vous affecte *vous* !

— Non, pas de cette peur-là, se reprit Susannah. Je parle de tes doutes au sujet de Jack – tu te demandes s'il t'aime, si tu lui manques autant que tu l'espères… Ou encore du fait de réaliser que tu ne le connais pas aussi bien que lui te connaît.

Emily demeura médusée. Ces pensées venaient à peine de lui effleurer l'esprit, et Susannah les formulait tout haut… Mais le déni qui lui brûlait les lèvres eût été inutile.

— Qu'est-ce qui vous fait croire cela ? demanda-t-elle d'une voix rauque.

Sa tante la regarda avec une extrême gentillesse.

— La façon dont tu parles de lui. Tu l'aimes, mais il y a des tas de choses le concernant que tu ignores. Il a à peine quarante ans, pourtant tu n'as pas rencontré ses parents, et s'il a des frères et des sœurs, tu ne dis rien d'eux, et il semblerait d'ailleurs que lui non plus. Tu partages les activités qui l'occupent actuellement, que ce soit au Parlement ou dans la société, mais que sais-tu de l'homme qu'il était avant votre rencontre et de ce qui a fait de lui ce qu'il est ?

D'un seul coup, Emily eut l'impression de se tenir au bord d'un précipice et de perdre l'équilibre. C'était ce soir-là qu'avait lieu le dîner chez la duchesse. Jack y assistait-il ? À côté de qui était-il placé ? Est-ce qu'il regrettait son absence ?

Susannah lui effleura la main.

— Ça n'a probablement guère d'importance... Cela ne veut pas dire qu'il y ait quoi que ce soit de laid, mais le fait que tu n'en saches rien laisse penser que ça te fait peur. Je ne crois pas que tu t'en moques. Si tu l'aimes, tout ce qu'il est compte pour toi.

— Il n'en parle jamais, murmura Emily. Et je ne lui pose jamais de questions. J'ai fait en sorte que ma famille nous suffise à tous les deux...

Elle releva les yeux.

— Vous aimez les amis d'Hugo, n'est-ce pas ? Ce village, ce pays sauvage, le bord de mer... et même l'océan.

— Oui. Au début, j'ai trouvé le paysage hostile et étrange, mais j'ai fini par m'y habituer, au point que sa beauté s'est imposée et que j'en suis venue à l'adorer. Désormais, je ne voudrais plus vivre ailleurs. Et pas seulement parce qu'Hugo a vécu ici et y est mort, mais à cause de l'endroit même. Les gens ont été très bons avec moi. Ils m'ont permis de devenir l'une des leurs et de trouver ma place. Je ne veux pas les quitter en laissant cette question irrésolue, quelle qu'en soit l'issue.

— Alors aidez-moi, et je ferai tout mon possible pour trouver la réponse, promit Emily.

Le soir, Emily commença à réfléchir sérieusement mais, en manque de sommeil à cause de la tempête, ce ne fut que le lendemain matin qu'elle se sentit l'esprit assez clair pour articuler ses pensées.

Lorsqu'elle sortit faire une promenade revigorante, elle partit cette fois non pas vers le village mais dans la direction opposée, le long du rivage et autour des bassins creusés entre les rochers. Le vent bruissait dans les herbes.

Au bout de sept ans, poser des questions sur les moyens et les occasions qu'avait eus quelqu'un de tuer Connor Riordan s'annonçait difficile, pour ne pas dire impossible. Les seuls indices résideraient dans le mobile. Quels secrets assez dangereux et douloureux pour qu'on ait voulu l'éliminer Connor Riordan avait-il percés ? Avait-il été lié à quelqu'un du village avant d'être rejeté cette nuit-là sur la plage ?

Lorsque Maggie O'Bannion vint vider les cendres des foyers et s'occuper de diverses tâches, notamment de la lessive, Emily décida de l'aider, d'une part parce que rester à ne rien faire la mettait mal à l'aise, mais surtout pour profiter de l'occasion de lui parler comme si de rien n'était pendant qu'elles s'activeraient.

— Oh, non, Mrs. Radley, je peux me débrouiller toute seule ! protesta tout d'abord Maggie.

Toutefois, lorsque Emily insista, la jeune femme finit par céder. Emily ne précisa pas depuis combien de temps elle n'avait accompli aucune tâche domestique, bien que Maggie eût pu le deviner en voyant sa maladresse.

— Daniel semble récupérer, dit Emily alors qu'elles venaient de mettre les serviettes dans la grande lessiveuse en cuivre de la buanderie et ajoutaient du savon. Même si cela prendra du temps.

— Bien sûr, le pauvre garçon…

Maggie sourit de voir Emily étonnée qu'elle utilise du savon acheté dans le commerce et non pas fait à la maison.

— Je me souviens d'en avoir préparé, dit Emily en rougissant, bien que Maggie se fût abstenue de tout commentaire.

— Mr. Ross faisait toujours les choses très bien, rétorqua la jeune femme. Tous les quinze jours, il allait à Galway d'où il rapportait ce qu'il y avait de mieux pour sa femme, et cela jusqu'à sa mort.

— Il n'était pas malade ?

— Non. Il a été emporté d'un seul coup. Une crise cardiaque, là-bas sur la colline. Il est mort à l'endroit où il aurait voulu. Jamais il n'y aura d'homme meilleur que lui.

— Sa famille était originaire d'ici ?

Emily était en train de balayer le sol, une tâche qu'elle ne risquait pas de faire de travers. Maggie mélangeait divers ingrédients pour préparer de la cire, qui sentait la lavande et quelque chose d'autre, au parfum plus fort et très agréable.

— Oh, oui ! répondit-elle avec enthousiasme. C'était un cousin d'Humanity Dick Martin.

— Humanity Dick ? répéta Emily, amusée.

Elle ignorait totalement de qui il s'agissait – un héros local, sans doute.

— On l'appelait le roi du Connemara, précisa Maggie avec un sourire en redressant un peu les épaules. Il a consacré sa vie à sauver des animaux de la cruauté des hommes. À Londres, la plupart du temps.

— Traite-t-on les animaux de façon pire à Londres ?

— Non. Mais il était député au Parlement, et c'est là qu'ils changent les lois.

— Ah, je comprends…

Elle nota mentalement de demander à Jack s'il avait entendu parler de ce Humanity Dick. Mais, pour l'instant, il fallait qu'elle ramène la conversation à ce qu'elle voulait savoir.

— Daniel n'a toujours retrouvé aucun souvenir, dit-elle, avec le sentiment d'être transparente, mais ne trouvant pas de moyen plus subtil d'aborder le sujet. Vous croyez que le bateau faisait route vers Galway ? D'où venait-il, à votre avis ?

— Vous pensez qu'on devrait faire tout notre possible pour l'aider, observa Maggie d'un air songeur. Le problème, c'est qu'il aurait pu venir de n'importe où… Du comté de Sligo, du Donegal ou même d'encore plus loin.

— Son accent ne vous donne aucune indication ? Je ne connais pas l'Irlande, mais chez nous, sa manière de parler me mettrait sur la piste. Je saurais en tout cas faire la différence entre le Lancashire et le Northumberland.

— Et cela vous serait utile ? interrogea Maggie avec intérêt. J'ai entendu dire que l'Angleterre est un très grand pays, où vivent des millions de gens.

Emily soupira.

— C'est vrai. Ce ne serait pas d'une très grande aide. Mais l'Irlande est beaucoup moins peuplée, non ?

Sa question n'était que de pure forme puisqu'elle connaissait la réponse.

— Oui, sauf que, quand on est marin, les choses sont différentes. Ils prennent des expressions un peu partout, et quelquefois aussi des accents. Je ne suis pas très douée dans ce domaine. Je sais en l'entendant qu'il n'est pas de cette partie de la côte, mais peut-être n'est-il même pas du Nord. Il pourrait venir de n'importe où. De Cork, de Killarney ou même de Dublin.

Bien qu'il n'y en eût qu'à peine, Emily se pencha pour faire glisser les saletés dans une pelle, soucieuse de justifier sa présence auprès de Maggie.

— Non, vous avez raison. Il pourrait venir de n'importe où. La plupart des gens du village sont nés ici ?

— Pratiquement tous. Mr. Yorke vient de Galway, je crois, mais je sais que sa famille était d'un village tout près d'ici. Ses racines remontent à la nuit des temps. Si vous voulez en savoir plus sur l'histoire de la région, c'est lui qu'il faut interroger. Il ne connaît pas que les légendes, également ce qu'elles signifient, précisa-t-elle avec un sourire triste. Il sait tout des querelles entre les Flaherty et les Conneeley, ce que les Ross et les Martin ont fait de bien – et de moins bien ! –, ainsi que des histoires d'amour du temps des rois d'Irlande, il y a très longtemps de ça.

— Ah oui ? Il faudra que je lui demande s'il veut bien me les raconter.

C'était une concession rhétorique, elle n'était pas vraiment intéressée par le passé. De nouveau, elle essaya de ramener la conversation au présent.

— Les Flaherty ont l'air intéressants. À quoi ressemblait Seamus Flaherty ? J'imagine que Brendan tient beaucoup de son père, non ?

Évitant son regard, Maggie se concentra avec application sur la tâche qui l'occupait.

— Oh, sans doute, se contenta-t-elle de répondre, sa voix trahissant toutefois une certaine tension. Du moins, en apparence. C'est vrai qu'il lui ressemble. Il a les mêmes yeux, la même façon de marcher comme si le monde lui appartenait mais qu'il était prêt à vous en céder une partie !

Emily sourit.

— Vous l'aimiez bien ? demanda-t-elle.

Maggie resta silencieuse, le dos raide, et ses gestes se firent plus lents.

— Je parle de Seamus, précisa Emily.

— Oh, oui, plutôt…

Maggie retrouva sa vivacité.

— Tant qu'on ne le prenait pas au sérieux, ça allait !

— Au sérieux ?

— On ne pouvait pas lui faire confiance, expliqua la jeune femme. Charmer les oiseaux dans le ciel, ça, il savait le faire, de même que vous faire rire à vous en étouffer… Mais la moitié des choses qu'il racontait n'était que des bêtises. C'était un rêveur. Et il buvait plus que de raison.

— Et il s'intéressait aux femmes ?

Maggie rougit.

— Oh, pour ça, vous pouviez compter sur lui ! Tout comme pour la bagarre.

Emily n'avait nul besoin de lui demander si Mrs. Flaherty avait aimé son mari ; elle l'avait deviné dans son regard. Malgré la protection exagérée dont elle entourait son fils, la légère dis-

114

tance qu'elle mettait entre elle-même et le monde laissait deviner une profonde vulnérabilité. À présent, l'explication était simple.

Pourtant, Emily avait perçu dans la voix de Maggie de la tendresse, une gêne qui la trahissait elle aussi, lorsqu'elle avait parlé de Brendan. Était-ce une façon de défendre l'un des leurs, un homme sur lequel une étrangère anglaise aurait pu se méprendre ?

Elle se concentra afin d'aider Maggie à terminer les tâches domestiques. Celle-ci se chargea du repassage, un travail délicat, car il fallait chauffer les deux fers tour à tour sur la cuisinière et s'en servir dès qu'ils atteignaient une température précise – pas trop chauds pour ne pas abîmer le linge, mais suffisamment pour lisser les plis.

Emily éplucha et coupa les légumes qu'elle mit ensuite dans une marmite d'eau froide en attendant que Maggie prépare le ragoût.

L'après-midi, Emily se rendit à l'épicerie en passant par le bord de mer. Il leur fallait du thé, du sucre, ainsi que deux ou trois autres choses. L'air était frais et transparent, sans être aussi glacial qu'il devait l'être à Londres. Et comme le vent venait de l'ouest, on sentait l'odeur du sel et des algues chaque fois qu'on inspirait. Au large, le ciel était couvert, mais sur la côte, de rares et hauts nuages d'un blanc étincelant défilaient avec lenteur dans un bleu d'azur.

Sur le rivage au relief irrégulier, le sable masquait en partie l'herbe des talus. Les dunes qui se déplaçaient sans cesse lui donnaient l'impression d'avoir oublié où elles se trouvaient. Ici et là, des touffes d'herbe s'emmêlaient aux algues arrachées au fond de l'océan qui noircissaient sur le sable. Emily ne put s'empêcher de remarquer les bouts de bois déchiquetés qui dépassaient par endroits, des débris du bateau qui avait coulé, comme si l'océan, incapable de le digérer, l'avait recraché. On aurait dit une sorte de monument rendant hommage à l'audace humaine et au chagrin.

Alors qu'elle s'arrêtait devant un débris plus grand que les autres, dont les extrémités plus claires, là où le bois avait été brisé net, dépassaient d'un tas d'herbes emmêlées, elle aperçut Padraic Yorke. Lorsqu'elle l'eut rejoint, elle vit dans ses yeux la tristesse qu'elle-même ressentait, ainsi que cette peur que suscitent la puissance et la beauté de l'océan quand on en subit les diverses humeurs.

— On trouve des épaves comme celle-ci tous les hivers ? l'interrogea Emily.

— Oh, pas seulement en hiver... Mais il est rare que les tempêtes soient aussi violentes que l'a été celle-ci.

En voyant ses traits tendus et ses yeux creusés, elle se demanda si lui aussi pensait à la tempête survenue sept ans auparavant, et au jeune homme rejeté sur la plage qui n'était plus jamais reparti.

— Daniel ne se souvient toujours de rien, dit Emily sur une impulsion. Pensez-vous que quelqu'un du village pourrait l'aider ?

— Et de quelle manière ? fit Padraic Yorke, intrigué. Ici, personne ne le connaît, si c'est ce que vous voulez dire. Il n'a de liens avec aucune famille du village ou des alentours. Étant donné que tout le monde est lié à tout le monde, ce n'est pas difficile à savoir ! ajouta-t-il avec un sourire triste. Nous vivons dans un pays sauvage… où chacun a sa place. Il le faut bien… Ce garçon n'est de nulle part dans l'ouest du Connemara, Mrs. Radley.

Une telle affirmation paraissait grotesque, il n'avait aucune raison de la faire. Et pourtant, Emily le croyait.

— Vous êtes assez familier de la région pour dire cela ?

Le visage de Padraic Yorke s'éclaira.

— Oui, je n'ignore rien de la région, de tous ceux qui vivent ici, ainsi que de leur histoire.

Les yeux plissés, il regarda alentour, vers les hautes herbes qui ployaient et ondulaient sous le vent jusqu'aux lointaines collines barrant l'horizon. Les couleurs ne cessaient de changer au gré de la lumière et de l'ombre, passant du très pâle au très sombre avant de se teinter d'une patine dorée.

Peut-être Padraic Yorke vit-il l'émerveillement dans le regard d'Emily, ou peut-être l'aurait-il dit de toute façon.

— Avant de repartir, il faudra que vous alliez faire un tour vers la tourbière. Au début, l'endroit vous paraîtra désolé, mais plus vous observerez, plus vous verrez que le moindre mètre carré abrite une fleur ou une feuille d'une beauté qui vous hantera ensuite à tout jamais.

Emily sourit malgré elle.

— J'aimerais beaucoup… Mais parlez-moi un peu des gens du village. Il m'est impossible de comprendre ce pays sans rien savoir de ceux qui l'ont façonné.

Les débris de bois et les enchevêtrements d'algues étaient maintenant derrière eux, et Emily était contente de se promener à pas lents. Elle avait tout l'après-midi devant elle, et elle était impatiente d'entendre ce que cet homme avait à dire.

— Brendan Flaherty est-il vraiment si sauvage ? demanda-t-elle avec un petit sourire. Le jour où il est passé voir Susannah avec sa mère, je n'ai vu de lui que son côté charmant.

Mr. Yorke haussa les épaules, l'une davantage que l'autre, ce qui rendait son geste étrangement drôle.

— Il l'a été, mais il n'est pas méchant. Dans sa jeunesse, il allait toujours jusqu'à la limite, et même au-delà. Il ne manquait jamais de se mettre dans un mauvais pas d'une façon ou d'une autre. Et il n'y a pas une jolie fille à laquelle il n'ait pas fait la cour. Jusqu'où allaient les choses, je n'en sais rien, et je n'ai jamais cherché à le savoir. Je suppose qu'il a parfois exagéré. Cela arrive, quand on est jeune.

— Mais il n'a jamais eu de graves ennuis ?

Emily, à sa propre surprise, se sentait sur la défensive en repensant à l'air blessé qu'elle avait vu dans les yeux de Brendan.

— Bien sûr que non, répondit Padraic Yorke avec tristesse. Sa mère y veillait. Elle l'a gâté depuis son plus jeune âge. Et après la mort de son père, rien n'a jamais été trop bien pour lui.

— Comment cela ?

Emily voulait comprendre, et non se contenter d'hypothèses. Connor avait-il défié Brendan et, celui-ci étant habitué à toujours obtenir ce qu'il voulait, il n'aurait pas supporté de ne pas avoir gain de cause ? Une bagarre, un accès de mauvaise humeur ou des coups avaient-ils entraîné la mort brutale de Connor ? Et, sans savoir exactement de quoi il retournait, Mrs. Flaherty aurait couvert son fils, l'aurait excusé et aurait menti pour le protéger comme elle l'avait toujours fait. Il était possible que, persuadé qu'il s'agissait d'un accident, Hugo Ross en ait fait autant.

Agir ainsi avait-il été nécessaire ? Avaient-ils eu peur que Brendan ne se soit montré plus qu'indiscipliné, qu'il n'ait fait preuve d'égoïsme au point de supprimer un être humain ? Était-ce de la peur qu'exprimait le visage de Colleen Flaherty lorsqu'elle regardait son fils, ou bien seulement de l'angoisse à l'idée que les autres puissent le soupçonner d'avoir les mêmes défauts que son père ?

Arrivé dans le village sans avoir une vision déformée par le passé, Connor Riordan avait-il vu Brendan plus clairement que les autres ? Ou bien la peur de Mrs. Flaherty n'était-elle due qu'à l'expérience qu'elle avait vécue avec son mari dont elle ne pouvait différencier Brendan ?

Et si c'était ce qu'Emily avait vu dans les yeux de Brendan ? La crainte de devenir comme son père et d'être en proie aux mêmes faiblesses ? Ou celle que sa mère ne le voie jamais tel qu'il était, ne l'autorise pas à se libérer du fantôme de Seamus ?

Continuait-elle à le protéger parce que son fils en avait besoin, ou bien parce que *elle* en avait besoin ? Au lieu de les corriger, encourageait-elle ses faiblesses afin qu'il ait toujours besoin d'elle ?

Connor l'avait-il compris et avait-il retourné le couteau dans la plaie ? Parfois, les légendes avaient plus d'importance que la réalité, les rêves plus que la vérité. En serait-il de même avec Daniel ?

— Merci, Mr. Yorke, dit brusquement Emily. Vous avez raison. Il est fort possible que j'en vienne à voir dans la tourbière une beauté que je n'aurais pas imaginée.

Se rendant compte qu'elle avait froid, elle s'éloigna à grands pas et fut contente d'arriver à l'épicerie où régnait une chaleur bienvenue.

— Bonjour à vous, Mrs. Radley ! dit Mary O'Donnell avec un sourire. Il fait un peu froid, c'est vrai. Que puis-je faire pour vous ? J'ai un délicieux miel de bruyère que j'ai gardé pour cette pauvre Mrs. Ross. Elle en raffole. Sans compter que ça lui fera du bien, ajouta-t-elle en se penchant pour attraper un pot sous le comptoir. J'ai aussi une douzaine d'œufs tout frais, enchaîna-t-elle. Avec ce pauvre garçon que nous a rendu la mer, vous allez devoir cuisiner plus que d'habitude. À propos, comment va-t-il ?

— Il est encore mal en point. Je crois qu'il a été plus gravement blessé qu'il n'a bien voulu le dire. Mais il va se remettre.

— Et il est probable qu'il restera en attendant au village, dit Mary avant de faire la moue.

— Où irait-il ?

— Il doit bien avoir une mère quelque part qui se fait du souci pour lui. Pauvre femme, le Seigneur lui vienne en aide !

Emily rangea les courses dans son panier et paya.

— La boutique est calme, cet après-midi, observa-t-elle en s'autorisant à prendre une expression de légère inquiétude.

Mary détourna les yeux, comme s'ils avaient été attirés par quelque chose, sauf que rien n'avait bougé.

— Il y aura du monde un peu plus tard, dit-elle en souriant.

Emily savait qu'elle n'apprendrait rien à moins de poser des questions.

— J'ai rencontré Mr. Yorke près de la plage. Il m'a raconté quelques histoires sur le village.

— Oh, voilà qui ne m'étonne pas ! fit Mary, soulagée de revenir à un sujet d'ordre plus général. Il en sait plus long que n'importe qui sur le village.

— Et sur ses habitants, ajouta Emily.

La lueur disparut des yeux de l'épicière.

— Oui, sans doute… Dites-moi, Mrs. Radley, j'ai ici un demi-pain pour Mrs. Flaherty. Si vous allez vers chez elle, ça ne vous dérangerait pas de le lui déposer ?

L'épicière sortit un paquet enveloppé avec soin. Si ce n'était pas une invitation à mettre un terme à la conversation, ça y ressemblait fort.

— Bien sûr que non, dit Emily en prenant le pain. Très volontiers.

Mary s'empressa de lui indiquer comment se rendre à la maison des Flaherty.

— Vous ne pouvez pas vous tromper, dit-elle avec entrain. C'est la seule sur la route qui a des poteaux d'angle en pierre avec deux arbres devant. Et, pendant que vous y êtes, vous voulez bien lui apporter aussi une livre de beurre ?

Mrs. Flaherty parut étonnée de voir Emily sur le seuil. Cette dernière lui remit le pain et le beurre en lui expliquant comment elle en était venue à rendre ce service.

Mrs. Flaherty les prit, et, sans parvenir à cacher ses réticences, lorsqu'elle vit qu'Emily restait plantée sur le pas de la porte, elle l'invita à venir boire une tasse de thé. Emily s'empressa d'accepter.

Grâce à une énorme cuisinière, la cuisine était bien chauffée, et les casseroles en cuivre étincelantes lui donnaient un côté confortable, tout comme les chapelets d'oignons accrochés aux poutres du plafond, les bouquets d'herbes aromatiques et la porcelaine bleu et blanc rangée dans le vieux vaisselier en bois.

— Quelle pièce ravissante ! s'extasia spontanément Emily.

— Merci, dit Mrs. Flaherty en souriant.

Elle mit la bouilloire sur le feu, puis sortit des tasses et des soucoupes. Elle était partie chercher du lait dans l'arrière-cuisine lorsqu'un mouvement derrière la fenêtre attira l'attention d'Emily. Dans le jardin, Brendan Flaherty était en grande conversation avec quelqu'un qu'elle ne voyait pas. Dès son retour, Mrs. Flaherty jeta un coup d'œil dehors et aperçut Brendan, le regard rempli soudain d'une sorte de fierté exaspérée. Son fils tenait à la main un cadre en bois sculpté.

— C'est son père qui l'a fabriqué, dit-elle doucement. Seamus avait des mains extraordinaires, et il adorait le bois. Il en connaissait le grain, savait comment le travailler, comme s'il lui parlait.

— Brendan a le même don ? demanda Emily en regardant la main du jeune homme caresser le bois.

Une ombre passa sur le visage de Mrs. Flaherty.

— Oh, il est comme son père, si tant est qu'un homme puisse être semblable à un autre…

Elle avait parlé très bas, avec une sorte de regret dans la voix, et Emily prit tout à coup conscience de la solitude dans laquelle se trouvait cette femme, une solitude très différente de celle que connaissait Susannah. On percevait là quelque chose d'inachevé, des doutes, des choses irrésolues…

C'est alors que Brendan se déplaça et qu'Emily vit avec qui il parlait. Daniel éclata de rire en tendant la main. Brendan lui donna le cadre en bois. Puis leurs regards se croisèrent, et Daniel dit quelque chose à Brendan qui lui mit la main sur l'épaule.

Mrs. Flaherty posa les tasses et les soucoupes sur la table d'un geste brusque, se dirigea vers la porte de la cuisine qu'elle ouvrit à toute volée et sortit.

Brendan se retourna d'un air surpris. Gêné, il retira sa main de l'épaule de Daniel, qui se contenta de fixer Mrs. Flaherty comme s'il ne comprenait pas ce qu'elle voulait.

Elle lui arracha le cadre des mains.

— Brendan n'a pas à vous donner ça ! déclarat-elle d'une voix rauque. Ni rien de ce qui est le travail de son père. J'ignore ce que vous voulez, jeune homme, mais il n'est pas question que vous preniez ça !

— Mère… s'interposa Brendan.

Elle se tourna vers son fils.

— Tu ne donneras pas ce qui est l'œuvre de ton père tant que tu n'en feras pas autant ! fit-elle vivement, la voix tremblante.

— Mère… tenta une nouvelle fois Brendan.

Daniel lui coupa la parole.

— Il ne me donnait rien, Mrs. Flaherty. Il se contentait de me le montrer. Brendan est fier de son père, comme vous voudriez qu'il le soit.

Les joues de Mrs. Flaherty s'empourprèrent. Elle était décontenancée, prise au dépourvu, ignorant comment les choses s'étaient passées, et néanmoins furieuse.

— Peut-être ferais-je mieux de ramener Daniel à la maison pour que vous ne vous fassiez pas de soucis, proposa Emily. J'accepterai votre invitation à prendre le thé une autre fois.

Elle remarqua le malaise de Brendan, qui jeta un regard noir à sa mère avant de détourner les yeux, cherchant en vain quelque chose à dire.

— Je vous remercie, dit Daniel, avant de s'avancer vers Emily d'un pas un peu incertain.

Il sourit à Brendan avec gentillesse, l'air amusé, prit Emily délicatement par le bras et l'entraîna au bout de l'allée.

Alors qu'elle refermait le portail, Emily vit que Brendan et sa mère se disputaient avec véhémence. À un moment donné, Mrs. Flaherty montra la route du doigt, sans même se rendre compte qu'Emily l'observait. Brendan cria quelque chose à sa mère, mais Emily ne comprit pas ce qu'il disait et remarqua seulement qu'il secouait la tête comme s'il niait quelque chose.

Daniel se tourna vers elle.

— Pauvre Brendan, commenta-t-il avec tristesse. Il rivalise avec les fantômes ?

— Les fantômes ? s'étonna Emily tandis qu'ils s'éloignaient sur la route en direction de l'océan. Avec son père, oui ! Qui d'autre ?

— Je ne sais pas, répondit le jeune homme en esquissant un sourire. Qui que ce soit qu'il ait aimé, et dont sa mère a si peur.

Daniel avait raison. C'était bel et bien de la peur qu'elle avait vue dans le regard de Mrs. Flaherty. Pour quelle raison ? Une amitié inconvenante ? Était-elle jalouse ou effrayée à l'idée de perdre une part de son fils – son temps, son attention, le besoin qu'il avait d'elle ? Ou que quelqu'un d'autre risque de la priver de son rôle de protectrice ?

Et si elle redoutait ce dont Brendan était capable ? Y avait-il un rapport avec la mort de Connor Riordan ? Était-ce pour cette raison que le voir se lier d'amitié avec Daniel avait réveillé en elle une telle peur ? Parce que l'histoire se répétait ?

Plus tard dans l'après-midi, Emily fit en sorte de pouvoir parler à Susannah en tête à tête et s'appliqua à trouver les mots pour l'interroger.

— Daniel semble s'être lié d'amitié avec Brendan Flaherty, observa-t-elle d'un ton détaché.

Elles étaient dans le bureau devant la longue fenêtre en train de contempler le jardin dévasté par la tempête.

— Oh, vraiment ? fit Susannah avec un certain étonnement.

Emily en profita.

— Mrs. Flaherty était furieuse. Elle a fait part de sa désapprobation avec une telle violence qu'elle a pratiquement donné l'ordre à Daniel de partir, ce qui a mis Brendan dans un profond embarras.

— Tu en es sûre ? demanda Susannah, l'air troublée.

— Oui. Y a-t-il là un rapport avec Connor Riordan ?

— Comment cela ?

— Étaient-ils amis eux aussi ?

— Est-ce que tu me demandes si Brendan l'a tué ? s'étonna Susannah. Je n'en ai aucune idée. Je ne vois pas pourquoi il l'aurait fait.

Emily refusa d'abandonner.

— Nous ne savons pas pourquoi, n'empêche que quelqu'un l'a tué. Pour quelle raison Mrs. Flaherty protège-t-elle Brendan ? Vous les connaissez. Son père était-il vraiment si fou ? Et Brendan serait-il comme lui ? Il me paraît pourtant tout ce qu'il y a d'aimable, et plus gentil que Mrs. Flaherty !

Susannah sourit.

— Seamus Flaherty était un buveur, un bagarreur et un coureur de jupons. Mrs. Flaherty tremble à l'idée que Brendan devienne comme lui. Or, bien qu'il ressemble physiquement à son père, je ne crois pas que ça aille plus loin.

— Mais il n'est pas marié, fit remarquer Emily. Est-ce qu'il fréquente des filles dans différents villages ? Ou bien les collectionne-t-il l'une après l'autre ?

Susannah parut amusée.

— Pas plus que la plupart des jeunes gens, que je sache. Mais si c'est le cas, c'est lui qui aurait dû se faire tuer, pas Connor Riordan.

Emily renonça à aller plus loin. Elle sortit faire un tour dans le long crépuscule hivernal et admira le coucher de soleil au-dessus de l'océan. Soudain, des pas crissèrent sur les graviers ; Daniel la rejoignit au bord de l'eau. Le vent avait donné des couleurs à ses joues et emmêlé ses cheveux bruns. Il grimpa sur le talus de galets glissants sur lequel elle se tenait et demeura un long moment silencieux avant de prendre la parole. La lumière déclinante accusait ses traits, soulignant ses joues creusées, le dessin de sa bouche et la finesse de son cou. Il était presque beau.

Emily ne parvenait à rien. Elle avait essayé la subtilité, l'observation… Mais le temps pressait. D'ici à quelques jours, peut-être que Daniel serait parti – ou pire ! La santé de Susannah se détériorerait et Emily n'apprendrait pas en temps voulu ce qui était arrivé à Connor Riordan. Le village continuerait à baigner dans son poison.

— Brendan Flaherty vous a-t-il fait des avances sexuelles ? interrogea Emily de but en blanc, elle-même choquée par son audace.

Daniel resta bouche bée en la fixant d'un air stupéfait. Puis il éclata de rire. Un rire joyeux qui jaillit avec une parfaite spontanéité.

Emily se sentit rougir, mais refusa de détourner le regard.

— L'a-t-il fait, oui ou non ?

Daniel reprit son sérieux.

— Non, absolument pas. Il a plus de patience avec sa mère que n'en auraient la plupart des hommes, mais il n'est pas du tout de ce genre-là.

— Ce n'est pas à sa mère que je pensais, reprit Emily d'un ton acerbe. Elle est terrifiée à l'idée qu'il devienne un séducteur comme son père… et un ivrogne. Et pourtant, elle l'admirait. Elle voudrait que Brendan soit comme lui et en même temps... elle ne le veut pas. Il n'a aucune chance de réussir à ses yeux.

— Ah, il y a là du faux et du vrai ! s'exclama Daniel. Vous n'avez qu'à poser la question à Mrs. O'Bannion. Bien que je doute qu'elle vous réponde. Venez, rentrons. Vous allez attraper la mort en restant ici. Le vent du large est traître.

Il lui offrit sa main pour l'aider à descendre du talus et regagner le sable.

Lorsqu'ils arrivèrent à la maison, Susannah était dans la cuisine. Le teint très pâle, l'air à bout de forces.

— Qu'y a-t-il ? s'enquit Emily en se précipitant pour la soutenir.

— Ça va, s'impatienta Susannah, bien que ce ne fût manifestement pas le cas. Je préparais juste deux ou trois choses pour le petit déjeuner.

— Maggie s'en occupera demain matin, lui dit Emily.

— Non, rétorqua Susannah, la voix cassée. Fergal est passé me prévenir qu'elle ne viendrait plus. Je suis navrée. Ce sera davantage de travail pour toi en attendant que je trouve à la remplacer.

Bien qu'horrifiée, Emily s'appliqua à le cacher.

— Ne vous inquiétez pas, dit-elle avec toute la force de conviction dont elle était capable. Nous nous débrouillerons très bien comme ça. Je cuisinais plutôt correctement, autrefois. Je suis sûre que je saurai m'y remettre... Nous nous arrangerons.

Mais maintenant, je vous en prie, venez vous coucher.

Susannah lui adressa un pauvre sourire qui eut du mal à gagner les coins de ses lèvres, puis, ensemble, à pas lents, elles montèrent péniblement l'escalier.

Emily se réveilla dans la nuit avec un sentiment de malaise. Le vent s'était de nouveau levé, et elle crut entendre un bruit sourd. Se levant précipitamment, elle s'enveloppa dans son châle et sortit sur le palier à pas de loup. Elle continuait à entendre du bruit, mais il lui sembla provenir du vent qui s'engouffrait dans les cheminées – et même si une ardoise s'était déplacée, elle ne pouvait pas y faire grand-chose.

Alors qu'elle revenait sur ses pas, elle aperçut un rai de lumière sous la porte de Susannah. Elle hésita une seconde, craignant de la déranger, mais, quand elle perçut une ombre masquer brièvement la lumière, elle comprit que sa tante était réveillée. Elle alla frapper à la porte. Pas de réponse. Soudain inquiète, elle tourna la poignée et entra.

Susannah était debout près du lit, le teint livide, les cheveux en désordre, en sueur. Des cercles noirs soulignaient ses yeux et sa chemise de nuit trempée était plaquée sur son corps décharné.

Emily n'eut pas besoin de lui demander si elle avait de la fièvre ou si elle avait été malade. Les draps sens dessus dessous traînaient par terre et Susannah tremblait comme une feuille.

Emily retira son châle qu'elle lui mit sur les épaules avant de la faire asseoir dans le fauteuil.

— Restez ici quelques minutes, dit-elle avec douceur. Je vais aller m'habiller, après quoi je ferai chauffer de l'eau, puis j'apporterai des serviettes propres et changerai les draps. Je sais où est l'armoire à linge. Attendez-moi un instant.

Susannah hocha la tête, trop éprouvée pour discuter.

Emily ne savait pas vraiment quoi faire, sinon tenter de procurer à Susannah le maximum de confort possible. Elle n'avait aucune expérience en matière de soins à donner aux malades. Ses propres enfants avaient toujours eu une gouvernante auprès d'eux lorsqu'il leur arrivait d'attraper un rhume ou de souffrir de maux de ventre. Susannah était mourante, et Emily se savait incapable de l'empêcher, mais elle se rendait compte tout à coup de l'importance que cela revêtait pour elle. S'occuper de sa tante n'avait plus rien à voir avec le devoir, ni avec l'envie que Jack ait une bonne opinion d'elle.

Une fois habillée, elle descendit à la cuisine, allumant les chandelles sur son passage, et ranima le feu afin de mettre de l'eau à chauffer. Si elle avait été aussi mal en point que Susannah, elle imaginait qu'il lui tarderait de se retrouver dans un lit propre, et qu'elle désirerait sans doute ne pas rester toute seule.

131

Il ne lui fallut pas plus d'une demi-heure pour changer les draps, mais, ce faisant, elle remarqua qu'il n'en restait qu'une seule autre paire. Le lendemain, elle devrait prévoir une lessive – et sans l'aide de Maggie.

Dès que le lit fut prêt, elle apporta un bol d'eau chaude et aida Susannah à se débarrasser de sa chemise de nuit souillée. La vue de son corps squelettique l'horrifia ; la peau semblait pendre comme un sac vide sous ses bras et sur son ventre. Et Susannah n'était pas assez malade pour ne pas se rendre compte à quel point elle avait changé.

Emily s'efforça de ne pas montrer la peur que lui inspiraient les ravages de la maladie et la transformation de cette femme qui avait été belle en fantôme d'elle-même. Elle la lava avec des gestes délicats, de crainte de lui faire mal ou d'écorcher la peau fragile.

Lorsqu'elle eut terminé, elle l'aida à enfiler une chemise de nuit propre et la porta plus ou moins jusqu'à son lit.

— Merci, dit Susannah avec un vague sourire. Ça va aller, maintenant.

Elle se laissa retomber contre les oreillers, trop lasse pour chercher à faire bonne figure.

— Mais oui, ça va aller, assura Emily en s'asseyant dans le fauteuil près du lit. Je n'ai cependant pas l'intention de vous laisser.

Susannah ferma les yeux et sombra dans le sommeil.

Emily passa toute la nuit à la veiller. Susannah s'agita à plusieurs reprises et, vers quatre heures du matin, quand le vent se renforça, elle crut un instant qu'elle allait de nouveau vomir, mais la nausée finit par passer, et elle se rallongea. Emily descendit à la cuisine préparer une tasse de thé léger qu'elle lui monta et ne lui donna qu'après qu'elle eut bien refroidi.

Au lever du jour, Emily était pleine de courbatures et avait mal aux yeux de fatigue. Néanmoins, il n'y avait pas eu d'autres crises. Susannah semblait dormir et respirait sans difficulté.

Emily redescendit se faire du thé et des toasts dans l'espoir de reprendre des forces avant de s'attaquer à la lessive.

Elle était au milieu de ses préparatifs lorsque Daniel vint la rejoindre.

— Vous avez mauvaise mine, dit-il avec une sympathie qui compensait la rudesse de sa remarque. Le vent vous a empêchée de dormir ?

— Non, Susannah a été malade. Je crains que vous ne deviez vous préparer vous-même le petit déjeuner, et peut-être aussi le déjeuner. Étant donné que Maggie ne vient pas, je suis trop occupée pour le faire.

— Je vais vous aider, proposa-t-il aussitôt. Des toasts, ce sera parfait pour moi. Avec peut-être un ou deux œufs. Voulez-vous que je vous en fasse un aussi ?

— Non, je vais me charger des œufs. Allez plutôt chercher de la tourbe pour en remettre dans les foyers. Il faut que je lave des draps et, avec ce temps, les faire sécher ne va pas être facile.

— Il y a un séchoir au-dessus de la cuisinière. Nous ferions mieux de garder la cuisine au chaud et de nous en servir. Un séchage sommaire suffira, si nous n'avons pas le temps de faire mieux.

— Merci, dit Emily.

— Elle se sent mal ?

— Oui.

Emily n'avait ni l'envie ni la force de lui mentir.

— Maggie n'aurait pas dû partir, dit-il en secouant la tête. C'est ma faute.

— Ah oui ? Et pourquoi donc ?

Daniel avait l'air un peu mal à l'aise.

— Parce que je l'ai contrariée. En lui posant des questions.

— À quel sujet ?

— Des gens, du village… Elle m'a raconté ce qui était arrivé à Connor Riordan. Elle en a gardé un souvenir très fort.

— Ah bon ? fit Emily, ignorant la bouilloire qu'elle se contenta de déplacer sur le fourneau. Pour quelle raison ? Elle le connaissait bien ?

Les yeux sombres de Daniel se firent interrogateurs.

— Que cherchez-vous, Mrs. Radley ? À découvrir qui l'a tué ? Pourquoi voulez-vous le savoir, après tout ce temps ?

— Parce que sa mort empoisonne le village. C'est quelqu'un d'ici qui l'a tué, tout le monde le sait.

— Susannah vous l'a demandé ? C'est pour cette raison que vous êtes là ? Vous n'étiez encore jamais venue la voir depuis toutes ces années qu'elle vit ici, n'est-ce pas ? Pourtant, je pense que vous vous souciez d'elle.

— Je…

Emily faillit rétorquer qu'elle s'était toujours souciée de Susannah, seulement ce n'était pas vrai, de sorte que le mensonge mourut sur sa langue. Une fois de plus, elle se demanda si c'était ainsi que s'était comporté Connor Riordan, s'il en avait trop vu et trop dit. À cette pensée, l'angoisse qui lui nouait l'estomac ne fit que s'accentuer. Tout allait-il recommencer ? Daniel allait-il être tué lui aussi tandis que le village se mourrait un peu plus ? Outre qu'il avait raison de dire qu'elle se souciait de Susannah, elle prit conscience qu'elle s'inquiétait également pour lui.

— Je suis désolé, s'excusa Daniel, l'air peiné. Vous êtes restée toute la nuit auprès de Susannah, et je ne vous aide en rien. Je vais aller chercher de la tourbe, m'occuper du feu, et ensuite, je commencerai la lessive. Ça ne doit pas être trop compliqué. Mais d'abord, mangeons.

Emily lui rendit son sourire, la chaleur se répandant en elle comme une lente floraison. Elle découvrirait ce qui était arrivé à Connor Riordan et veillerait à ce qu'un tel drame ne se reproduise pas, quelle que soit la difficulté, et quoi qu'il lui en coûtât.

Ils venaient de terminer la lessive lorsque le père Tyndale arriva. Ils avaient passé les draps dans l'essoreuse jusqu'à ce qu'ils soient le plus secs possible, puis les avaient suspendus au-dessus de la cuisinière. Le prêtre paraissait épuisé, en dépit des couleurs que le vent avait données à ses joues.

— Je vais vous conduire auprès de Susannah, proposa Emily, infiniment soulagée de le voir.

Sa seule présence allégeait le poids de sa responsabilité. Sa tante ne serait pas seule pendant un moment.

— Elle a passé une mauvaise nuit, aussi ne soyez pas étonné de son état. Je vous apporterai du thé dès qu'il sera prêt.

— Merci.

Le prêtre la regarda avec attention, mais il s'abstint de toute remarque et se contenta de la suivre dans l'escalier.

— Le père Tyndale ? fit Susannah en se redressant dans son lit.

Elle fit mine de remettre de l'ordre dans ses cheveux. Emily prit le peigne et la coiffa. Elle pensa même aller chercher son rouge à joues, mais décida qu'un tel artifice ne tromperait personne. Elle termina de la coiffer et lui adressa un sourire approbateur avant d'inviter le prêtre à entrer dans la chambre.

Les laissant aussitôt, elle redescendit chercher du thé et une fine tranche de pain beurré que Susannah serait peut-être capable de manger.

Plus d'une heure s'était écoulée lorsque le père Tyndale revint dans la cuisine en rapportant le plateau. Daniel était occupé à l'extérieur, et Emily épluchait des légumes en vue du déjeuner et du dîner, une tâche qu'elle n'avait plus exécutée depuis bien longtemps.

L'air très las, le prêtre s'assit sur une des chaises à dos droit qui parut trop petite pour lui.

— Brendan Flaherty a quitté le village, annonça-t-il avec calme. Personne ne sait où il est parti, à l'exception sans doute de sa mère, qui se refuse à dire quoi que ce soit.

Emily demeura stupéfaite. Sa première réaction fut de penser que la querelle entre Brendan et sa mère avait été pire qu'elle ne l'avait imaginé sur le moment. Puis elle se demanda si ce n'était pas à cause de ce que Daniel avait dit. Que fuyait Brendan ? Le passé ? L'avenir ? Ou bien les deux ?

— Hier, je suis passée chez Mrs. Flaherty, dit-elle timidement. Daniel était dans le jardin en train de parler avec Brendan. Dès que Mrs. Flaherty les a vus, elle s'est mise en colère et est sortie dire à Daniel de s'en aller, de manière plutôt brusque.

Décontenancé, le père Tyndale chercha en vain quoi dire.

Emily voulut lui faire part de ses soupçons sur une éventuelle relation de Brendan avec Connor Riordan que sa mère aurait désapprouvée, mais comment formuler la chose sans l'offenser ?

— Elle avait l'air très perturbée, ajouta-t-elle. Comme si elle avait peur de lui. Est-ce parce qu'il lui rappelait Connor ? Pour quelle autre raison se serait-elle montrée aussi désagréable avec Daniel ? Il n'est ici que depuis deux jours…

137

— Quantité de choses lui font peur, répliqua le prêtre. Il arrive que l'histoire se répète, et à plus forte raison quand on le redoute.

— Brendan était-il proche de Connor ?

Elle resta volontairement dans le flou, sans rien préciser de plus.

— Connor, dit-il doucement, était ici un étranger, et pourtant, il semblait tout savoir de nous. Peut-être qu'il se cherchait lui-même, mais ce n'en était pas moins dérangeant.

Il lui sourit, puis changea de sujet et lui reparla de la maladie de Susannah, ainsi que de ce qu'ils seraient tous en mesure de faire pour lui faciliter les choses.

Après son départ, Emily se reprocha de ne pas avoir été plus pugnace. Elle s'attarda un moment dans la cuisine et regarda par la fenêtre. Le vent était plus fort, et le ciel d'un gris lugubre. Susannah allait bientôt mourir sans que l'énigme ait été résolue. Elle resserra son châle sur ses épaules, étonnée de réaliser à quel point elle était ébranlée. Daniel avait vu juste, elle se souciait bel et bien de Susannah, non pas de la tante de son enfance contre laquelle son père s'était mis en colère, mais de la femme d'aujourd'hui qui adorait le village où elle avait été accueillie, celui de l'homme avec lequel elle avait partagé tant de bonheur.

Qui pouvait aider ces gens à guérir de leur blessure ? Il lui fallait quelqu'un d'observateur, qui ne soit pas impliqué personnellement dans les passions et les haines du village. À la seconde où elle se formula ainsi la question, la réponse lui parut évidente. Padraic Yorke.

Après s'être assurée que Susannah se sentait assez bien pour rester seule un moment, Emily s'enroula dans une cape en grosse laine qui la protégerait du vent et se rendit chez Padraic Yorke. Elle frappa à la porte sans obtenir de réponse. Transie de froid, elle s'impatienta. Elle avait besoin de son aide, mais ne voulait pas s'absenter de la maison plus longtemps que nécessaire. Elle resserra sa cape en frissonnant, puis frappa une nouvelle fois, toujours en vain.

Elle observa la jolie maison traditionnelle, le jardin bien entretenu. S'attarder ne servirait à rien. Elle avait de plus en plus froid et, apparemment, Mr. Yorke n'était pas chez lui.

Emily fit demi-tour et repartit le long du rivage. Elle n'avait pas envie de marcher au bord de l'eau en plein vent, mais la turbulence de l'océan était comme une chose vivante qui l'attirait, de la même façon qu'elle aurait pu attirer Padraic Yorke.

Elle marcha à la limite du sable sur lequel les vagues venaient se briser dans un rugissement incessant. Au-delà du dernier monticule d'algues, elle aperçut la silhouette solitaire de Padraic Yorke.

Il ne se retourna que lorsqu'elle arriva à sa hauteur. Sans prononcer un mot, comme si les bouts de bois brisé au milieu des algues et les flots parlaient pour eux-mêmes.

— Brendan Flaherty a quitté le village, l'informa Emily après quelques minutes. Susannah est très malade. Je ne pense pas qu'elle vive encore très longtemps.

— Je suis navré.

— Où est-il parti ? Et pourquoi en ce moment ? Mr. Yorke avait un air lugubre.

— Vous voulez dire… si près de Noël ?

— Non, je voulais dire alors que Daniel est là.

Elle lui raconta la scène à laquelle elle avait assisté chez Mrs. Flaherty par la fenêtre de la cuisine.

— Les Flaherty ont une longue histoire avec ce village, dit Padraic Yorke d'un air songeur. Seamus était l'un de nos personnages les plus hauts en couleur. Après une jeunesse dévergondée, il ne s'est marié qu'à quarante ans passés, et même par la suite, il a failli briser plusieurs fois le cœur de Colleen. Mais comme elle l'adorait, elle lui pardonnait ses frasques en lui inventant plus d'excuses qu'il n'aurait été lui-même capable d'en imaginer.

— Et elle fait la même chose avec Brendan ?

— Oui, répondit-il en lui jetant un bref coup d'œil. Et ce n'est nullement un cadeau pour lui.

— Savez-vous où il est parti et pourquoi ?

— Non…

Padraic Yorke demeura un instant silencieux. Les vagues continuaient à fouetter le rivage et les mouettes à tournoyer dans le ciel, leurs cris emportés par le vent.

— Bien que je puisse deviner, reprit-il brusquement. Colleen Flaherty aimait son mari et voudrait que son fils soit comme lui, mais, en même temps, elle veut le garder sous son emprise pour qu'il ne lui fasse pas du mal comme lui en a fait Seamus.

Tout à coup, Emily eut la vision d'une femme seule et affolée se persuadant de tenir là une seconde chance d'obtenir ce qui dès le début lui avait manqué. Pas étonnant que Brendan soit furieux sans pour autant vouloir réagir ! Pour quelle raison avait-il finalement pris la fuite ?

— Merci de me l'avoir confié, dit-elle avec gratitude et un sentiment d'humilité. Vous m'avez aidé à comprendre pourquoi Susannah a tant d'affection pour les gens de ce village. C'est remarquable de leur part de l'avoir si vite acceptée. Aucun parmi vous n'a de véritable raison de bien accueillir les Anglais.

Emily se sentit honteuse de ce qu'elle venait de dire, ce qui était pour elle une expérience entièrement nouvelle. Toute sa vie, elle avait vu dans le fait d'être anglaise une bénédiction, comme d'être beau ou intelligent, une grâce qu'il fallait prendre à la manière d'un honneur sans jamais la remettre en question.

Mr. Yorke sourit, mais elle perçut de la gêne dans son regard.

— Oui, dit-il tout bas. Ce sont de braves gens. Prompts au combat, la rancune tenace, mais courageux à l'excès, jamais vaincus par le malheur, et d'une grande générosité. Ils ont foi en la vie.

Emily le remercia encore une fois avant de rejoindre le sentier qui menait chez Susannah. Elle aperçut au loin le père Tyndale qui marchait en courbant la tête pour résister au vent. Elle doutait qu'il tombât d'accord avec Padraic Yorke pour dire que ses ouailles avaient foi en la vie. Le meurtre de Connor Riordan avait insufflé chez ces gens un lent poison dont ils allaient mourir. Elle se devait à tout prix de découvrir la vérité, quitte à anéantir l'un ou plusieurs d'entre eux, car ne pas savoir était en train de tous les tuer à petit feu.

Susannah eut de nouveau une mauvaise nuit pendant laquelle Emily la veilla presque sans discontinuer. La petite heure de sommeil qu'elle s'accorda, elle la passa assise toute droite dans le gros fauteuil près du lit. Elle avait beau vouloir tout mettre en œuvre pour aider Susannah, elle ne pouvait guère lui offrir mieux que d'être présente, de la laver, de la sécher et de lui changer sa chemise de nuit quand elle était trempée de sueur. Elle lui apporta plusieurs fois du thé pour essayer de l'hydrater un peu.

Daniel entra calmement dans la chambre et ranima le feu. Puis, sans un mot, il emporta les draps sales et froissés ainsi que la chemise de nuit, le visage d'une extrême pâleur et empreint de compassion.

Juste avant l'aube, Susannah finit par s'endormir. Daniel proposa de rester auprès d'elle. Emily lui en était trop reconnaissante pour refuser. Elle se glissa dans son lit et, quand elle commença à se réchauffer, s'abandonna au sommeil.

Lorsqu'elle se réveilla, il faisait déjà jour. Après un moment de trouble, elle se rappela que

Susannah s'était sentie mal et qu'elle avait laissé Daniel seul avec elle. Repoussant les couvertures, elle sauta à bas du lit et s'habilla à la hâte. Elle alla d'abord dans la chambre de Susannah au bout du couloir. Elle trouva sa tante endormie, plutôt paisible, et Daniel assis dans le fauteuil, les yeux creusés, l'ombre d'une barbe sur le menton.

Il mit un doigt sur ses lèvres pour lui faire signe de ne pas faire de bruit, puis lui sourit.

— Je vais descendre préparer le petit déjeuner, murmura Emily. Et ensuite, nous ferons la lessive. Je vais avoir besoin de votre aide.

— Je serai là, promit Daniel.

Cependant, au moment où Emily arriva au bas de l'escalier, elle vit de la lumière dans la cuisine d'où s'échappait une odeur alléchante. Maggie O'Bannion était en train de faire la vaisselle devant l'évier après avoir préparé une tarte.

Elle se retourna en entendant entrer Emily.

— Comment va Mrs. Ross ? demanda-t-elle d'un air anxieux.

Emily était trop soulagée de la voir pour lui faire part de son ressentiment.

— Très mal, répondit-elle sans détour. C'est la deuxième mauvaise nuit qu'elle passe. Je suis très contente que Mr. O'Bannion se soit calmé. Nous n'arrivons pas à nous débrouiller sans vous.

Maggie battit des cils et détourna les yeux.

— Pour le dîner, j'ai prévu une tarte aux pommes, dit-elle comme si Emily lui avait posé la question. Et il y a une belle pièce de bœuf à rôtir dans le four. J'en garderai un peu pour préparer un bouillon à Mrs. Ross. Si elle est malade, elle pourra au moins avaler ça. Savez-vous si elle est réveillée ?

— Non, pas encore. Elle n'a pas beaucoup dormi cette nuit.

Emily se félicita de voir que Maggie se sentait coupable.

— Je vais m'occuper de la lessive, reprit-elle. Daniel m'a aidée à en faire une hier, mais il y a encore des draps à laver ce matin…

Elle jeta un coup d'œil au séchoir suspendu au plafond.

— Nous ne sommes pas aussi efficaces que vous, ajouta-t-elle avec plus de gentillesse.

Sans piper mot, Maggie continua à s'activer devant l'évier en cognant les assiettes les unes contre les autres.

Emily mit les fers à chauffer sur le fourneau, puis descendit le séchoir d'où elle retira deux des draps. Machinalement, Maggie vint l'aider à les plier correctement. Elle évitait le regard d'Emily, et la tension de ses épaules trahissait une profonde tristesse.

Emily se demanda si Daniel était sorti la veille – peut-être pendant la visite du père Tyndale – pour aller dire à Maggie à quel point elle leur manquait. La tension de la jeune femme ce matin-là était-elle due au fait qu'elle et Fergal s'étaient disputés ? Que lui avait dit Daniel pour qu'elle ait passé outre aux ordres de son mari ?

Une fois les draps pliés et prêts à être repassés, Emily s'attaqua aux taies d'oreillers, puis s'accorda une brève pause le temps de prendre une tasse de thé avec des toasts. Elle était en train de se demander si elle ne devrait pas monter, au cas où Susannah serait réveillée, lorsque Daniel entra dans la cuisine.

— Bonjour, Mrs. O'Bannion ! fit-il d'une voix enjouée. Je vous suis reconnaissant plus que vous ne l'imaginez d'être revenue. Nous ne nous en sortons pas si bien que ça sans vous…

Maggie lui jeta un bref coup d'œil, mais ni l'un ni l'autre ne regardèrent Emily.

— Susannah est réveillée, enchaîna Daniel. Puis-je lui monter un petit déjeuner, par exemple du pain et du beurre, ou au moins une tasse de thé ?

— Prenez vous-même quelque chose, lui dit Emily. Je vais monter un plateau à Susannah, et vous n'aurez qu'à vous occuper de ces draps. Nous en aurons besoin assez vite. Maggie, il faudrait laver les draps de la nuit dernière pour qu'ils soient prêts au moment où nous en aurons besoin. Vous voulez bien ?

— Oui, Mrs. Radley, répondit Maggie avec une pointe de raideur.

Puis, prenant soin d'éviter le regard de Daniel, elle coupa des tranches de pain qu'elle tartina de beurre et les disposa joliment sur une assiette en porcelaine bleu et blanc.

Emily la remercia et monta le plateau. Elle fut ravie de voir Susannah s'asseoir dans son lit, une légère couleur teintant ses joues, et manger le tout.

Une heure plus tard, sa tante commença à somnoler et Emily redescendit assumer la part des tâches domestiques qu'elle avait abandonnées, et qui lui prenaient beaucoup plus de temps qu'à Maggie.

Entendant des rires joyeux, elle s'arrêta sur le seuil de la cuisine.

— Vraiment ? fit Maggie d'un air incrédule.

— Je vous le jure, rétorqua Daniel. Le problème, c'est que je ne me rappelle plus à quand ça remonte, ni pourquoi j'étais là.

— Ce doit être merveilleux, observa Maggie d'un ton mélancolique. Parfois, je rêve d'aller dans des endroits comme celui-là, même si ça ne m'arrivera sans doute jamais.

— Vous pourriez, si vous le vouliez, assura Daniel.

Emily demeura immobile sans faire de bruit. Elle voyait l'expression de Maggie tandis qu'elle regardait Daniel. La jeune femme souriait, mais ses yeux trahissaient sa mélancolie.

— On ne peut pas avoir tout ce qu'on veut, lui dit-elle. Il est plus sage de savoir ce qui est à votre portée et ce qui ne servira qu'à vous faire du mal.

— Ce n'est pas sage du tout, objecta gentiment Daniel. Autant admettre la défaite avant même d'avoir essayé. Comment savoir ce que vous êtes capable d'accomplir si vous ne vous en donnez pas la peine ?

— Vous parlez comme un rêveur, rétorqua tristement Maggie. Comme quelqu'un qui n'a pas les pieds sur terre et aucune responsabilité.

— Parce que c'est ça qui vous fait garder les pieds sur terre ? Ou bien parlez-vous de Fergal ? interrogea-t-il en retour.

La jeune femme hésita.

Emily se figea. Daniel lui avait-il raconté des histoires de voyage et d'aventure au point de la troubler dans son contentement et d'éveiller en elle un désir ardent qui ne pourrait jamais être rassasié ?

— Vous pourriez visiter l'Europe, suggéra Daniel. Et y trouver un charme qui nourrirait votre âme pour toujours. Il existe des endroits magiques, Maggie. Des endroits où il se passe des choses extraordinaires, de glorieuses batailles, des idées qui enflamment le monde, des histoires d'amour à vous briser le cœur, mais qui le réparent ensuite en lui donnant une forme entièrement nouvelle. Et puis il y a de la musique, des rires à en avoir mal et à ne plus pouvoir respirer ! Des choses à manger que vous n'imaginez même pas, et des histoires à emmagasiner pour remplir les nuits d'hiver pendant de longues années. Ça ne vous plairait pas ?

Emily s'approcha d'un pas vif dans l'intention de les interrompre, cependant, quand elle aperçut le visage de Maggie, elle changea d'avis. Il exprimait une vulnérabilité étonnante, mais elle ne regardait pas Daniel, plutôt ses propres pensées.

D'un seul coup, Emily se sentit glacée. Elle repensa à la gentillesse que lui avait témoignée Daniel quand ils étaient revenus ensemble de l'église, à la douceur de ses questions et à leur naturel. Et pourtant, celles-ci étaient allées plus loin qu'elle ne l'aurait voulu, exposant des faiblesses qu'elle-même ne s'était jamais avouées. À présent, il faisait la même chose avec Maggie, l'incitant à reconnaître la solitude et la déception qui l'habitaient. Emily avait vu Fergal O'Bannion, au demeurant un brave homme, mais auquel manquaient les ailes que donne l'esprit. Il se montrait possessif avec sa femme. Parce qu'il l'avait vue rire avec Connor Riordan, se laisser entraîner dans ses récits et ses rêves ? Et comme à présent elle écoutait Daniel, Fergal lui avait ordonné de ne plus venir dans cette maison, mais elle lui avait désobéi. Afin d'aider Susannah ? Ou bien de continuer à rêver avec Daniel ?

Emily repensa à d'étranges remarques faites en passant. Était-ce là l'affreux envers de la réalité ? Maggie avait-elle fui les limites étouffantes de son existence en s'autorisant une brève passion avec Connor, et Fergal l'avait-il appris ? Était-ce pour cette raison que Connor avait été tué ? Pour le plus vieux mobile du monde ?

Maggie le savait-elle ? Ou, du moins, le redoutait-elle ?

Pourtant, Mrs. Flaherty craignait que ce ne fût son fils qui ait tué Connor, or Brendan avait disparu.

— Ça ne vous plairait pas, Maggie ? répéta Daniel avec douceur.

Emily s'avança d'un pas. Le jeune homme souriait et, quand il replia le drap, sa main fine s'attarda un instant sur celle de Maggie.

Sentant monter la colère, Emily s'apprêta à intervenir.

— J'ai ce qu'il faut pour remplir mes nuits d'hiver, et déjà quantité de rêves, répondit Maggie. Il n'y a rien que je voudrais que vous veniez y ajouter, Daniel. J'aime beaucoup entendre les récits que vous faites des endroits où vous êtes allé, et, en les racontant, j'espère qu'il vous reviendra une ou deux choses sur qui vous êtes. Mais c'est tout. Vous me comprenez ?

— Oui, je vous comprends, dit-il calmement. Sans doute attendais-je trop de mes propres rêves… Une dose de réalité peut parfois accomplir des merveilles !

Se moquant de lui-même, Daniel sourit de sa propre erreur de jugement, et Emily vit Maggie se détendre quelque peu et lui rendre son sourire. Le moment de gêne s'était dissipé.

Se retournant pour sortir de la cuisine, Daniel vit Emily et s'avisa qu'elle avait dû entendre leur conversation. Nul doute qu'elle avait dû voir Maggie le repousser. Néanmoins, elle fit comme si de rien n'était.

— Comment va-t-elle ? demanda Maggie.

La seule trace de sa conversation avec Daniel était une légère rougeur sur ses joues.

— Beaucoup mieux, répondit Emily. Je suis sûre qu'elle est moins inquiète maintenant que vous êtes là. Je vous suis reconnaissante d'être revenue, ajouta-t-elle d'une voix douce pour gommer l'offense, qu'elle n'avait cependant pas hésité à formuler. Daniel est-il passé hier vous dire à quel point Susannah était malade ?

— Oui… Je suis sincèrement désolée. Si j'avais su, je ne me serais même pas absentée une journée.

Son regard exprimait un tel regret qu'Emily la crut sur parole.

— Il est difficile de savoir jusqu'où obéir à son mari et d'agir contre ce que vous dicte votre conscience, observa Emily avec plus de franchise qu'elle ne l'entendait.

Qu'aurait-elle été prête à faire elle-même pour plaire à Jack si elle avait pensé différemment de lui ? S'était-elle souvent trouvée dans une situation semblable ? Elle réalisa que ce voyage au Connemara était sans doute la première fois. À ceci près que c'était elle qui aurait dû vouloir venir et Jack chercher à l'en dissuader.

Toutefois, qu'aurait-elle décidé alors ? Aurait-elle prétexté son devoir d'obéissance ? L'amour ? Certes, elle aimait Jack et détestait se disputer avec lui. Mais il était très rare qu'ils se querellent. Pour quelle raison ? Par manque de passion, ou simplement de conviction ? Et s'il n'y avait rien, qu'est-ce que cela disait d'elle ? Quelque chose de trop épouvantable pour se l'avouer.

— Fergal n'a rien d'un mauvais homme, Mrs. Radley, était en train de dire Maggie, qui s'était arrêtée de travailler, soucieuse d'excuser son mari. Il ignorait que Mrs. Ross allait si mal et il s'est mépris sur Daniel. Tout ça date du précédent naufrage… Je suppose que vous ne savez pas grand-chose là-dessus. Fergal s'est mis une idée ridicule dans la tête, et il est bien possible que ce soit ma faute.

Emily ne pouvait pas ne pas saisir une telle occasion.

— Vous voulez dire que Daniel rappelle Connor Riordan à Fergal et qu'il a cru que l'histoire allait se répéter ?

Maggie baissa les yeux.

— Oui, quelque chose comme ça.

Emily s'assit à la table de la cuisine.

— À quoi ressemblait Connor, à propos ? Je vous en prie, Maggie, soyez franche avec moi. Est-ce que la même histoire se répète avec Daniel ?

La jeune femme reposa le linge et se mordilla la lèvre en réfléchissant à ce qu'elle allait répondre.

— Connor était drôle et touchait juste, comme Daniel. Il nous faisait tous rire. Nous aimions bien ses récits des endroits où il était allé, des pays étranges qu'il avait visités…

— Comme Daniel à l'instant ?

— Oui, sans doute… Et, comme Daniel, il s'intéressait à tout le monde. Il posait des questions, et nous y répondions parce qu'on avait l'impression que c'était uniquement par gentillesse qu'il demandait de telles choses. Vous savez comment c'est quand on parle avec quelqu'un qui vous aime bien, qui veut savoir ce qui vous plaît et quels sont vos rêves… Vous y réfléchissez. C'est assez rare que quelqu'un préfère apprendre des choses sur vous plutôt que de parler de lui…

Emily dut reconnaître à regret que c'était la vérité.

— Connor se souciait de chacun d'entre nous, poursuivit Maggie. Je l'aimais bien. Il n'était pas comme les autres. Il nous racontait des histoires nouvelles au lieu de toujours les mêmes vieilles rengaines… Il me poussait à m'interroger, à regarder les choses sous un autre angle. Mais je n'étais pas la seule à avoir parfois le sentiment qu'il pouvait sonder mes pensées trop facilement. Il y a des choses qu'il est quelquefois préférable de ne pas savoir.

— Vous voulez parler de l'amour, de la jalousie… ou par exemple des dettes ? demanda Emily.

— Je suppose, dit Maggie en baissant la voix. Et aussi des rêves qu'il vaut mieux taire.

— Si nous n'avions aucun rêve, nous mourrions, fit valoir Emily. Cependant, vous avez raison, il y en a qu'il vaut mieux garder pour soi.

— J'aime mon mari, s'empressa d'affirmer Maggie.

Emily sut à cet instant que c'était au moins en partie un mensonge.

— Seulement, Connor était un esprit brillant, termina-t-elle à la place de la jeune femme. Et, comparé à lui, Fergal vous paraissait ennuyeux, ce dont il a fini par se rendre compte.

Tout à coup, elle craignit d'être trop près de la vérité. Arracher une dernière explication à Maggie risquait de réduire à néant tout son univers.

— Fergal est un brave homme, répéta obstinément Maggie, comme pour s'en persuader. J'aimais beaucoup les histoires que racontait Connor, mais je n'ai jamais été amoureuse de lui. Vous vous trompez là-dessus, Mrs. Radley. Ce que j'aimais, c'était qu'il me poussait à réfléchir... et puis aussi qu'il me faisait rire. Il nous a tous appris à voir un monde plus vaste que ce village avec ses passions et ses haines.

— Mais il a vu votre solitude, et il l'a fait voir à Fergal également.

Emily ne pouvait se résoudre à la laisser en paix. Le tableau devenait à ses yeux de plus en plus net.

Maggie battit des cils pour refouler ses larmes.

— Affronter une vérité qu'on s'était cachée peut faire beaucoup de mal. C'est aussi ma faute. J'ai raconté à Fergal ce qu'il avait envie d'entendre, si bien que je me suis sentie trahie quand il m'a crue sans aller chercher plus loin. J'imagine que je lui ai laissé croire que j'étais amoureuse de Connor – et qu'il l'était de moi. Dieu me pardonne !

Maggie avait-elle peur que son mari ne l'ait tué et que, indirectement, elle n'ait été responsable de sa mort ? Le protégeait-elle à présent à cause de sa propre culpabilité ?

La jeune femme avait-elle aimé un autre homme ? Et si ce n'était pas Connor, qui ?

Qu'avait appris ou deviné de tout cela Susannah ? Et avait-elle dit la vérité en affirmant qu'Hugo Ross n'avait rien su des passions et des faiblesses de ces êtres dont la vie, pour le meilleur et pour le pire, était si enchevêtrée à la sienne ?

Dans l'après-midi, le père Tyndale repassa voir Susannah, avec laquelle il resta encore environ une heure. Emily le raccompagna un bout de chemin. Le vent glacial qui venait du large soufflait en rafales et, malgré sa violence, elle trouva dans l'air iodé et l'odeur des algues une saine amertume qui lui plaisait.

— Je crois que votre tante n'en a plus pour très longtemps, affirma le prêtre d'un air sombre en forçant la voix pour couvrir le vent.

— Je sais. J'espère qu'elle tiendra jusqu'à Noël, dit Emily sans trop savoir pourquoi.

Le problème n'était pas Noël, mais de découvrir la vérité concernant Connor Riordan et, quelle que fût celle-ci, de laisser croire à Susannah qu'il y aurait une résolution possible, un moyen de guérir pour ceux qui lui étaient si chers.

— Parlez-moi d'Hugo, mon père.

Le prêtre sourit tandis qu'ils traversaient une étendue herbeuse encore jonchée des débris de la tempête pour rejoindre une bande de sable.

— Donner une idée de ce qu'était réellement une personne est toujours difficile, observa le prêtre d'un air pensif. Hugo Ross était grand, et pas seulement physiquement, d'une immense gentillesse, et très large d'esprit. Il adorait ce pays et ses gens. Il est vrai que sa famille était déjà là du temps des légendes… Il gagnait sa vie en faisant des affaires, pourtant son plaisir demeurait la peinture, et, s'il l'avait voulu, il aurait eu assez de talent pour en vivre. Dieu m'est témoin que Susannah n'a jamais exigé d'être riche ! Être à ses côtés suffisait à la rendre heureuse.

— Était-il croyant ?

— Eh bien, je ne lui ai jamais posé la question, répondit le père Tyndale, l'air un peu surpris. À en juger par son comportement, il allait de soi qu'il savait qu'il existe une puissance plus haute que ce qui compose l'humanité, une puissance bienveillante. Certains parlent beaucoup de leurs croyances, des lois qu'ils observent et des prières qu'ils récitent. Hugo jamais. Il venait à l'église presque tous les dimanches, mais, s'il avait des remords ou des chagrins, il s'en arrangeait directement avec le Seigneur.

— Et cette façon de faire vous convenait ?

— Il aimait les autres sans jamais les juger. Et il aimait la terre en toutes saisons. Ce qui à mes yeux voulait dire qu'il vénérait Dieu. Oui, cela me convenait.

— Vous n'avez jamais vu d'objection au fait qu'il épouse une Anglaise ? demanda Emily plus ou moins sur le ton de la plaisanterie.

Le père Tyndale éclata de rire.

— Oh, si ! Non que ça ait fait la moindre différence. Sa famille n'était pas enchantée non plus. Ils auraient préféré qu'il trouve une gentille jeune

155

fille catholique qui lui aurait fait une ribambelle d'enfants. Mais Hugo aimait Susannah, et il n'a jamais demandé l'avis de personne.

— Elle s'est tout de même convertie au catholicisme, fit remarquer Emily.

— Oh, oui, mais pas du tout parce qu'il le lui a demandé ! Elle a fait ce choix pour lui et, le temps passant, elle a fini par le faire sien.

Emily décida de changer de sujet.

— Que pensait Hugo de Connor Riordan ?

Il lui fallait poser la question, et elle redoutait cependant la réponse. L'homme que le père Tyndale avait connu avait certainement compris les dégâts qu'avait provoqués Connor, à travers les secrets qu'il semblait percer à jour, aussi bien que les peurs et les désirs qu'il éveillait.

Ils marchaient à présent au bord de l'eau, près de l'endroit où s'étaient échoués les débris du bateau naufragé. Le prêtre ne répondit pas.

— Où est parti Brendan Flaherty, mon père ? Et pour quelle raison ? Seamus était-il encore en vie à l'époque où Connor a été tué ?

— Seamus ? Non, il était décédé. Mais même les morts ont des secrets. Et certains des siens étaient encore plus terribles que ne le soupçonnait Colleen.

— Brendan est-il au courant ?

— Oui. Tout comme l'était Hugo. C'est sans doute pour cette raison qu'il tenait à ramener Connor à Galway. Seulement, cet hiver-là, nous avons eu un temps exécrable. Avec des pluies

156

diluviennes, parfois même de la neige fondue. Et Connor était trop fragile pour supporter le trajet. Cinq heures en voiture découverte l'auraient tué. Il n'était pas aussi costaud que Daniel. Et puis, il avait avalé une plus grande quantité d'eau, sans compter qu'il était resté sans connaissance plus longtemps. Frôler la mort d'aussi près est toujours délicat. Je ne crois pas que ses poumons s'en soient jamais vraiment remis.

— Il était originaire de Galway ?

— Connor ? J'ignore s'il y était né ou si c'était le port d'attache de son bateau. Toujours est-il qu'il parlait comme un homme de Galway.

— Et Hugo voulait le ramener là-bas ?

— Oui, mais il savait bien que ce n'était pas possible, pas tant qu'il n'aurait pas repris des forces et que le temps ne se serait pas amélioré.

— Et finalement, il a été trop tard ?

— Oui, dit le prêtre, l'air accablé de chagrin. Le Seigneur nous pardonne…

Ils étaient les premiers à fouler le sable depuis que s'était retirée la marée.

— Hugo avait-il peur qu'il ne se passe quelque chose ?

Le prêtre garda le silence.

— Et vous, le craigniez-vous ? insista Emily.

— Dieu sait que j'aurais dû… Ces gens sont mes paroissiens. Pour la plupart d'entre eux, je les ai connus toute leur vie. Je les écoute en confession, leur parle tous les jours, sais qui ils aiment et avec qui ils se disputent, quelles sont leurs maladies, leurs espoirs et leurs déceptions… Comment une telle chose a-t-elle pu se produire sans que je ne me rende compte de rien ?

Il fit quelques pas en silence et, quand il reprit la parole, on aurait dit qu'il avait oublié la présence d'Emily.

— Je ne suis même pas capable de les aider aujourd'hui. Ils sont effrayés, l'un d'eux porte le fardeau d'une culpabilité qui lui dévore l'âme, et pourtant, personne ne vient me voir pour me demander d'intercéder auprès du Seigneur. Pourquoi ? Comment ai-je pu faillir à ce point ?

Emily ignorait la réponse. Tout le monde avait honte de quelque chose à un moment de sa vie. Qu'avait vu ou deviné Connor Riordan ? Quelque chose qui menaçait une personne du village dont il connaissait la fragilité et qu'il pouvait protéger ? Ou peut-être… Susannah ?

Elle n'avait pas envie de le savoir. Elle regrettait de s'être embarquée dans cette enquête ; elle n'avait pas les clés pour réussir, pas plus que pour affronter les drames inévitables que soulèverait la vérité. Elle aurait dû avoir le courage et l'humilité de le dire à Susannah dès le début. Quelle arrogance de sa part d'imaginer qu'il lui était possible d'arriver ici en étrangère et de mettre fin à des souffrances vieilles de sept ans !

Emily observa les épaules voûtées et le visage triste du père Tyndale, navrée de ne pas pouvoir lui apporter un peu de réconfort.

En fin d'après-midi, juste avant la tombée du jour, Emily prit sa décision. Elle aurait besoin non seulement de l'aide du père Tyndale, mais de celle de Maggie O'Bannion, et peut-être aussi de Fergal. Inutile d'en parler à Susannah tant qu'elle ne serait pas sûre de la réussite de son plan. Elle aurait préféré attendre que sa tante se sente un peu mieux, ce qui n'arriverait probablement jamais. Sans compter que le temps pouvait se gâter et rendre son projet impossible.

Pis encore, l'assassin de Connor Riordan risquait de voir resurgir le passé à travers Daniel et de le tuer à son tour.

Emily partit dans le soir tombant. Quelques lueurs à l'ouest éclairaient encore l'océan, les flots d'un gris métallique ondulant sous les rayons écarlates du couchant qui se déversaient tel du sang. Elle frappa à la porte de Maggie.

Celle-ci vint ouvrir et, dès qu'elle aperçut Emily, son visage blêmit.

— Non, non, s'empressa de la rassurer Emily. L'état de Susannah n'a pas empiré. À vrai dire, je crois qu'elle se sent un peu mieux. Je voudrais en profiter pour me rendre à Galway. Il faudra que j'y passe au moins deux nuits. Accepteriez-vous de rester à la maison avec elle ? Je ne peux pas la laisser toute seule. Elle est trop mal en point pendant la nuit. Et je ne peux pas demander à Daniel de s'en occuper. De toute façon, il lui faut une femme auprès d'elle, quelqu'un qu'elle connaît et en qui elle a confiance. S'il vous plaît, vous voulez bien ?

Fergal venait de rejoindre sa femme dans l'entrée, le visage torturé.

— Non, dit-il avant même que Maggie ait pu ouvrir la bouche. Quelle que soit la raison de votre voyage à Galway, il devra attendre, Mrs. Radley. Et vous ne pouvez pas demander non plus au père Tyndale de quitter le village en ce moment. La pauvre Mrs. Ross pourrait s'en aller à tout instant... N'est-ce pas pour cela que vous êtes venue ? Pour lui tenir compagnie ?

On percevait le défi dans la crispation de sa mâchoire et l'éclat de son regard.

— Je n'y vais pas pour moi, Mr. O'Bannion, précisa Emily en s'efforçant de dissimuler sa colère. J'y vais pour que Susannah...

— Elle a ici tout ce qu'il lui faut, dit Fergal en lui coupant la parole.

— Non. Elle...

— Il n'est pas question que Maggie reste dans cette maison avec Daniel... et c'est mon dernier mot. Bonne nuit, Mrs. Radley.

Maggie se tenait toujours sur le seuil et, quand son mari voulut refermer la porte, elle demeura immobile.

— Pourquoi allez-vous à Galway ? demanda-t-elle. Parce que vous espérez découvrir quelque chose sur Connor Riordan ?

— Oui. Hugo Ross y est lui-même allé, et il faut que je sache pourquoi.

Ce n'était pas du tout ce qu'elle avait eu l'intention de dire, cependant, il était trop tard.

— Et peut-être que là-bas quelqu'un connaîtra Daniel…

Elle se tourna vers Fergal.

— Si Daniel va s'installer chez le père Tyndale jusqu'à mon retour et si vous allez chez Susannah vous aussi, permettrez-vous à Maggie de rester à la maison ?

— Oui, évidemment, dit cette dernière avant que Fergal ait pu répondre.

— Maggie… commença-t-il à protester.

— Oui, bien sûr que tu seras d'accord, enchaîna-t-elle en lui jetant un bref regard. C'est la meilleure solution, nous le savons tous.

— Vous feriez bien de partir dès demain matin, conseilla alors Fergal à Emily. D'ici un jour ou deux, le temps va encore se dégrader. Ça n'aura rien à voir avec la tempête de l'autre soir, mais il fera trop mauvais pour mener un poney à travers la lande, même la Jenny du père Tyndale. Nous viendrons demain matin. Vous pourrez vous mettre en route à neuf heures.

— Merci, dit Emily avec chaleur. Je vous suis infiniment reconnaissante.

Elle retourna faire part de son projet au père Tyndale. Elle lui demanda si elle pouvait emprunter Jenny et la carriole, et s'il ne verrait pas d'inconvénient à accueillir Daniel chez lui pendant son absence. Le prêtre accepta, non sans l'avoir mise en garde contre le mauvais temps et lui avoir expliqué qu'il ne lui était pas possible de quitter le village alors que Susannah était si mal en point.

— Je sais, dit Emily. Mais quelle serait l'autre solution ? Lui dire que j'ai renoncé ?

Le prêtre soupira.

— Je vais demander à un des gars du village de vous accompagner. Rob Molloy, par exemple, ou bien Michael Flanagan.

— Non… Je vous remercie. Quelqu'un de ce village a tué Connor. Je me sentirai plus en sécurité toute seule et si personne ne sait que je suis partie. Je vous en prie !

La bouche du prêtre se pinça, ses yeux s'assombrirent, mais il ne discuta pas plus avant. Il lui promit que le poney et la carriole seraient prêts à neuf heures tapantes le lendemain matin. Emily lui rétorqua qu'elle préférait marcher jusque chez lui plutôt qu'il vienne la chercher.

Elle repartit vers la maison de Susannah. Il faisait maintenant nuit noire, et elle se félicita d'avoir pensé à emporter une lanterne. Le vent, cinglant, était de plus en plus froid.

Le lendemain matin, Emily se mit en route après être passée dire au revoir à sa tante. Elle avait pris soin de tout lui expliquer la veille, où elle comptait aller et pourquoi, sans oublier le fait que Daniel s'installerait chez le père Tyndale jusqu'à son retour. Préciser pour quelle raison n'était pas nécessaire.

— Je reviendrai le plus vite possible, promit-elle en observant Susannah, cherchant à déceler dans son regard un espoir ou une peur qu'elle n'aurait pas osé formuler. Vous êtes certaine de toujours vouloir que j'y aille ? ajouta-t-elle impulsivement. Je peux encore changer d'avis, si vous voulez.

Bien que très pâle et l'air de plus en plus hagard, Susannah n'eut pas l'ombre d'une hésitation.

— S'il te plaît, vas-y, dit-elle en souriant. Mourir ne me fait pas peur, seulement l'idée de laisser cette histoire irrésolue. Le village a été bon avec moi. Ils m'ont permis d'avoir ma place comme si j'étais l'une des leurs. Ce sont les gens d'Hugo, or je l'aimais plus que je ne saurai jamais l'expliquer. Je suis prête à mourir, et à le rejoindre où qu'il se trouve. C'est le seul endroit où j'ai envie d'être. Mais je voudrais leur laisser quelque chose en échange de tout cet amour qu'ils m'ont donné. Je voudrais les voir commencer à guérir. Va, Emily, et, quoi que tu trouves, rapporte-le. Que je sois encore là ou pas, veille à ce que ça se sache. Et surtout, ne te sens jamais coupable. Tu m'as offert le plus beau cadeau que tu pouvais m'offrir, ce dont je te suis plus que reconnaissante.

Emily se pencha pour embrasser sa joue pâle, puis sortit de la chambre, le visage baigné de larmes.

Le trajet, par un froid mordant, s'avéra long, mais Jenny semblait connaître la route et n'avoir nul besoin qu'Emily la guide. Curieusement, la beauté désolée du paysage lui apparaissait comme un réconfort. Même pendant les averses, il y avait une profondeur qui se modifiait en fonction de la lumière, comme si les herbes se composaient de plusieurs strates de couleurs. Les rochers étincelaient dès qu'un rayon de soleil les effleurait, et les ombres qui défilaient sur les montagnes au loin changeaient sans cesse.

Lorsque enfin Emily arriva à Galway, elle chercha une auberge où l'on prendrait soin du poney. Après un bon repas, elle changea de bottines et mit des vêtements secs, puis sortit.

Tout le long du trajet, elle avait réfléchi à l'endroit où Hugo avait pu aller pour tenter de retrouver la famille de Connor Riordan. Le père Tyndale lui avait dit qu'il se rendait pratiquement chaque dimanche à l'église. Sans doute avait-il commencé par se renseigner dans les églises de Galway afin de voir si on y connaissait la famille Riordan. Qu'ils aient été pratiquants ou non, un prêtre saurait sûrement où ils habitaient.

Trouver une église n'avait rien de compliqué, d'autant que les passants pouvaient la renseigner sans difficulté. Il lui fallut en revanche davantage de temps avant d'arriver à celle où l'on connaissait la famille Riordan. La nuit tombait déjà lorsque Emily se retrouva assise face au père Malahide, dont elle observa le visage fin et aimable à la lueur des chandelles. Une bonne odeur de tourbe et de fumée de tabac flottait dans la pièce.

— En quoi puis-je vous aider, Mrs. Radley ?

Il ne chercha pas à savoir ce qu'une Anglaise venait faire à Galway après avoir effectué le trajet le long de la côte toute seule en plein hiver.

164

Emily lui parla brièvement de la tempête, ainsi que de Daniel, le seul survivant du naufrage. À mesure qu'elle racontait son histoire, elle devina à l'expression de pitié et de chagrin du prêtre qu'il avait déjà entendu parler de Connor.

— Et maintenant, Mrs. Ross est gravement malade, poursuivit Emily. Je ne pense pas qu'elle vive encore longtemps. Il reste cependant certaines choses à résoudre. L'arrivée de Daniel a réveillé de vieux fantômes qui doivent trouver le repos, quelle que puisse être la vérité.

— Je ne peux pas vous répéter ce que m'a dit Hugo Ross, dit le père Malahide avec gentillesse. Il était venu dans l'espoir de retrouver la famille de Connor. Le jeune homme était lui-même trop faible pour se déplacer ; quant à ses coéquipiers sur le bateau, ils avaient tous été portés disparus. Et comme votre jeune Daniel, il semblait être seul au monde et ne pas se souvenir de grand-chose. Nombreux sont les hommes qui se perdent au large des côtes d'Irlande, surtout dans le Connemara ! L'hiver est très rude, et le mauvais temps nous arrive de l'Atlantique sans que rien ne puisse l'arrêter.

— Hugo avait-il retrouvé des membres de sa famille ?

— Oui. Sa mère vivait ici, à Galway. Elle travaillait dans un orphelinat fondé par l'Église. Bien qu'elle ne fût pas religieuse, cette femme avait passé là une grande partie de sa vie d'adulte. Je crains de ne pas pouvoir vous en dire plus, Mrs. Radley. Le reste était confidentiel. Vous le comprendrez, j'en suis sûr. Et je suis navré de vous l'apprendre, mais la mère de Connor est aujourd'hui décédée. Non que j'imagine qu'elle aurait pu vous apporter grande aide…

— En effet, convint Emily d'un air grave. Je ne sais pas si je découvrirai la vérité sur ce qui est arrivé à Connor, et ça ne lui serait à présent d'aucun réconfort. Mais peut-être que quelqu'un à l'orphelinat pourra me renseigner sur ce qu'Hugo Ross aura cherché à savoir et sur ce qu'on lui aura dit.

— Naturellement.

Le père Malahide lui donna l'adresse, lui expliqua comment s'y rendre et lui conseilla d'y aller en milieu de matinée, quand le personnel disposerait de davantage de temps pour lui parler.

Emily le remercia, puis repartit d'un bon pas dans les rues sombres et regagna l'auberge où elle était descendue.

Le lendemain matin, elle suivit les indications du prêtre et trouva l'orphelinat sans difficulté. Le grand bâtiment gris en pierre comportait de multiples dépendances qui avaient dû être ajoutées en vue d'accueillir un plus grand nombre d'enfants.

Emily s'avança sur le perron et frappa à la porte. Plusieurs minutes s'écoulèrent avant qu'une petite fille menue au visage constellé de taches de rousseur vienne lui ouvrir. Après qu'Emily eut expliqué ce qu'elle voulait, on l'invita à attendre dans une petite pièce glaciale. Sur l'un des murs, des tapisseries au point de croix dans des cadres avertissaient les éventuels pécheurs que Dieu voyait tout ; sur celui d'en face s'étalait un immense crucifix présentant un Christ à l'agonie. Mal à l'aise, Emily eut soudain le sentiment d'être une étrangère et se demanda si elle n'avait pas commis une erreur en décidant de venir là.

Finalement, on la conduisit à la directrice, une femme très lasse et très ridée au teint pâle, dont les magnifiques cheveux bruns étaient relevés en grosses boucles au sommet de la tête.

À peine assise dans son bureau, Emily entendit des pas précipités résonner dans le couloir, ainsi que des voix joyeuses qui encourageaient les enfants à se dépêcher, priant l'un ou l'autre de se tenir tranquille, de se hâter, de lacer ses bottines, de rentrer sa chemise dans son pantalon et d'arrêter de bavarder.

— Je suis venue au Connemara afin de rester auprès de ma tante, Susannah Ross, qui est très malade et n'a plus très longtemps à vivre, expliqua-t-elle d'emblée avec franchise. Il y a sept ans, son mari, Hugo Ross, est venu chez vous rencontrer Mrs. Riordan, dont le fils, Connor, avait été le seul survivant d'un naufrage survenu au large de la côte où vivait Mr. Ross.

— Je me souviens de lui, dit la directrice en hochant la tête. Il n'est jamais revenu... pas plus d'ailleurs que le jeune homme en question. Mais Mrs. Riordan n'est hélas plus parmi nous – paix à son âme !

— Oui, je sais. Mr. Ross est mort lui aussi. Et Connor également.

— Oh, mon Dieu ! s'exclama la directrice, visiblement peinée. Je suis désolée. Peut-être est-ce aussi bien que sa pauvre mère n'en ait rien su… Elle a été si heureuse, le jour où Mr. Ross lui a annoncé que Connor avait survécu à ce naufrage. Tant d'hommes ont péri noyés… La mer est une maîtresse cruelle, mais chacun gagne sa vie comme il peut. La terre est aussi parfois très dure… Mais en quoi pourrais-je aider cette pauvre Mrs. Ross ?

Emily avait mûrement réfléchi aux questions qu'elle poserait, et bien qu'elle fût encore hésitante, le moment n'était plus à tergiverser. Elle observa les yeux las de la directrice. Elle-même devait avoir connu plus que sa part de chagrin.

— Connor Riordan a été assassiné, dit-elle brusquement.

La directrice tressaillit.

— On n'a jamais su qui était le coupable, mais je crois savoir pourquoi. Si nous ne faisons rien pour l'empêcher, j'ai peur que la même chose ne se reproduise. Je pense qu'Hugo Ross a pu apprendre quelque chose ici qui lui a permis de comprendre qui il était, et que, comme il adorait les siens, il a fait le choix de se taire. Il est mort peu de temps après Connor. Il ne se doutait pas que le poison que sont la culpabilité et la peur provoquerait la mort lente du village. Seulement, sa femme le sait et, avant de mourir, elle tient par-dessus tout à rectifier la situation, pour le bien du village, mais plus encore, je crois, en mémoire de son mari.

— Une femme généreuse ! observa la directrice qui se signa d'un air solennel. Personnellement, je ne peux pas vous dire grand-chose, sinon que je me rappelle qu'il s'est entretenu avec Mrs. Riordan et qu'il l'a longuement interrogée sur Mrs. Yorke. Ce qui a d'ailleurs paru le troubler. Et lorsque je lui ai demandé si je pouvais faire quelque chose pour l'aider, il m'a répondu que non. Mrs. Riordan avait l'air perturbée elle aussi, mais quand je m'en suis inquiétée, elle m'a semblé en savoir très peu et n'a pas voulu m'expliquer la raison de son trouble.

— Mrs. Yorke ? répéta Emily, l'air déconcertée.

— Oui, nous l'appelions Madame, expliqua la directrice, qui agita la main comme s'il s'agissait là un détail trivial. Mais en réalité, elle n'était pas mariée. Elle a travaillé à l'orphelinat de longues années avant de mourir à son tour. Son heure était venue... Elle était très âgée et prête à continuer son voyage vers le Seigneur.

— Très âgée ? s'étonna Emily.

S'agissait-il de la sœur de Padraic Yorke ? Auquel cas elle avait dû être beaucoup plus vieille que lui. À moins qu'elle n'ait pas été du tout de sa famille... Yorke était un nom répandu.

— Avait-elle un lien avec Padraic Yorke, qui vit dans le même village que Mrs Ross ?

— Oui, bien sûr, dit la directrice en soupirant. Mais c'était il y a longtemps, la pauvre âme !

— Il y a longtemps ? Vous venez de dire qu'elle était très vieille !

— Et elle l'était. Quand elle est morte, elle n'avait pas loin de quatre-vingts ans. Cela doit remonter maintenant à quinze ans ou même plus.

Brusquement, Emily éprouva une sensation de froid que la température de la pièce ne suffisait pas à expliquer. Des pensées aussi épouvantables que floues lui traversèrent l'esprit.

— Ce n'était donc pas sa sœur ?

— Mais non, ma chère, sa mère, fit la directrice d'un air étonné. Elle est arrivée à l'orphelinat avant la naissance de son fils. Au début, elle a prétendu être veuve et attendre un enfant. Mais par la suite, elle a été franche avec nous. Elle ne s'était jamais mariée. Au départ, elle avait été une fille respectable qui travaillait au service d'une famille à Holyhead, en Angleterre. Quand le maître de maison l'a mise enceinte, elle a pris un bateau pour l'Irlande. Elle est restée un temps à Dublin, mais ses patrons l'ont jetée dehors dès qu'ils se sont rendu compte de son état, et elle est venue à Galway, où nous l'avons accueillie. Ici, elle était heureuse, et elle est restée chez nous jusqu'à la fin de sa vie. Comme c'était une brave femme, nous lui faisions la courtoisie de l'appeler Madame.

— Padraic Yorke est donc né dans cet orphelinat ? demanda Emily d'une voix incrédule.

Non qu'un tel début dans la vie la scandalisât, même si les circonstances avaient dû être plutôt difficiles ; cependant, aux yeux des Irlandais, Padraic Yorke était un Anglais, par le sang, à défaut de l'être de cœur.

La directrice acquiesça d'un signe de tête.

— Naturellement, quand il a eu quatorze ans, il a été obligé de partir, nous ne pouvions pas le garder plus longtemps. Nous ne touchons plus de subventions une fois que les enfants sont en âge de travailler, et il n'y avait rien qu'il puisse faire chez nous. C'était un bon élève. Il est parti pendant un temps à Dublin, puis à Sligo et ensuite sur la côte, où il a fini par s'établir.

— Et Mrs. Riordan était au courant, dit lentement Emily, tandis qu'un fil conducteur se mettait en place dans son esprit.

Connor devait lui-même avoir reconstitué l'histoire et compris qui était Padraic Yorke : non pas le poète patriote qu'il prétendait être, mais le fils illégitime d'un riche Anglais et de sa domestique jetée à la rue. Connor en aurait-il parlé à quelqu'un ? Qui aurait couru le risque de l'en empêcher ?

— Merci, ajouta-t-elle en se levant avec une soudaine raideur, comme si ses os étaient douloureux. Demain, je rentrerai raconter à ma tante ce que j'ai appris. Ainsi, elle saura tout. Et ce sera à elle de décider ce qu'elle veut faire.

Emily passa le reste de la journée à Galway, n'osant pas reprendre la longue route dont elle devrait faire la dernière partie en pleine nuit. Le lendemain matin, après le petit déjeuner, elle régla sa note et, à neuf heures, le cœur lourd, elle se mit en route. Désormais, elle ne comprenait que trop bien pourquoi Hugo Ross avait choisi de ne rien dire.

Padraic Yorke avait tué Connor. Les deux hommes avaient pu avoir une dispute qui avait mal tourné. Toutefois, personne à part Yorke ne savait ce qui s'était passé, ni quel genre de railleries, de rires et d'humiliations il avait endurés. Peut-être avait-il donné un coup en réaction à une moquerie insupportable, voire à une remarque obscène à propos de sa mère. En tout cas, peut-être n'avait-il eu aucune intention meurtrière.

À l'inverse, il avait pu s'agir d'un meurtre, d'un coup asséné lâchement par-derrière à un homme qui n'avait jamais eu le dessein de se servir d'informations apprises par hasard.

Hugo Ross l'avait-il compris ? Oui, d'après le portrait de lui qu'avait tracé Susannah, ç'avait dû être le cas. Avait-il parlé à Padraic Yorke ? Gardé le silence ? Avait-il seulement su ce qu'il dissimulait ?

En revanche, ce à quoi il n'avait pas songé, c'était que la peur et la culpabilité empoisonneraient peu à peu le village, jour après jour ; un nouveau soupçon ici, une peur réveillée là, un autre mensonge destiné à en couvrir un plus ancien, le doute de lui-même qu'avait le père Tyndale…

Emily venait de dépasser le lac et se dirigeait vers Oughterard. Le vent déchirait de grands pans de bleu entre les nuages et le soleil resplendissait sur les collines. Plus loin devant elle, entre les

172

pentes mordorées et les ruines de pierre noire
scintillant d'humidité, elle aperçut un homme qui
marchait sur la route d'un pas régulier. Peut-être
habitait-il à Oughterard… Il n'y avait pourtant
aucune maison ni ferme en vue de part et d'autre
de la route.

Ce n'est qu'en arrivant à sa hauteur qu'elle reconnut Brendan Flaherty. Emily fit arrêter le poney.

— Puis-je vous accompagner quelque part,
Mr. Flaherty ? Je rentre à la maison.

— À la maison ? fit-il en souriant. Eh bien,
c'est très aimable à vous, Mrs. Radley… Et je me
ferai un plaisir de prendre les rênes, si vous le
voulez. Bien que Jenny connaisse la route aussi
bien que moi.

Emily accepta volontiers.

Ils avaient déjà parcouru un bon mile lorsque
Brendan prit la parole.

— Je n'aurais pas dû m'enfuir, dit-il, les yeux
fixés sur la route, évitant son regard.

— Mais vous êtes revenu, répliqua Emily.

Maintenant qu'elle connaissait la vérité au sujet
de Padraic Yorke, Brendan ne lui inspirait plus
aucune peur.

Visiblement ému, il grommela quelque chose
dans sa barbe.

Emily perçut le poids de sa tristesse. On aurait
dit qu'il retournait en prison.

— Pourquoi rentrez-vous chez vous ? demanda-
t-elle tout à coup. Si vous restiez à Galway, auriez-
vous peur de devenir comme votre père, de boire

173

plus que de raison, de vous bagarrer et de finir par vous retrouver seul ?

— Je ne suis pas mon père, argua Brendan, tourné cette fois vers elle, le regard rempli de regret.

— Comment était-il ? Réellement. Pas dans les rêves de votre mère, mais en vrai. Comment le voyiez-vous ?

— Je l'adorais, dit Brendan après avoir cherché ses mots un instant. Et en même temps, je le détestais. Il s'en tirait, alors qu'il était paresseux et cruel, parce qu'il était capable de faire rire les gens. Il chantait comme un dieu. C'est en tout cas le souvenir que je garde de lui. Il avait une de ces voix douces et mélodieuses qui font paraître chaque note facile. Et il racontait des histoires sur le Connemara, le pays et les gens avec une telle passion que, quand on l'écoutait, on aurait dit que le passé vous coulait dans les veines, enivrant comme le vin, mais tellement vivant... À la vérité, je pense qu'il empruntait la plupart de ses histoires à Padraic Yorke, qui n'avait pas l'air d'en prendre ombrage.

— Connaissait-il bien Padraic ? demanda Emily.

Le ciel s'était de nouveau couvert, masquant le soleil et effaçant les nuances de couleurs des herbes. Il allait faire plus froid. Vers le nord-est, un voile de pluie s'étirait au-dessus des Maumturk.

— Je ne sais pas... Je ne crois pas. Mais ça n'aurait rien changé. Il n'en aurait pas moins raconté ses histoires. Un jour où j'ai demandé à Padraic si ça le chagrinait, il m'a répondu que mon père les rendait encore plus belles, et que c'était une bonne chose, à la fois pour nous et pour l'Irlande.

— Il adore l'Irlande, n'est-ce pas ?

C'était une affirmation, pas une question.

Brendan se tourna vers Emily.

— Ce n'est pas pour me chercher que vous êtes allée à Galway ? C'est d'abord ce que j'ai cru. Je pensais que vous me soupçonniez d'avoir tué Connor Riordan… à cause de Maggie. Mais je ne l'ai pas fait.

Emily eut alors la confirmation que c'était bien ce que sa mère redoutait. Peut-être même le désirait-elle aussi, car si Brendan possédait les défauts de son mari, c'était malgré tout une manière de le garder vivant à ses yeux. Pas étonnant que Brendan se soit enfui à Galway ou ailleurs pour se libérer de la prison de ses rêves !

— Je sais que vous ne l'avez pas tué.

— Comment cela ? fit Brendan en se tour-nant vers elle d'un geste brusque. Auriez-vous peur de me laisser croire que vous me soupçon-nez, parce que je pourrais m'en prendre à vous ?

— Je sais que vous n'avez rien fait de tel parce que j'ai découvert qui est le coupable… et qu'il avait une bien meilleure raison que vous.

— Ah bon ?

Brendan scruta son visage sur lequel il dut lire la franchise, car il lui sourit et relâcha ses mains crispées sur les rênes.

— Vous devriez dire au revoir comme il faut à votre mère et repartir ensuite à Galway, à Sligo ou à Dublin. Là où il vous plaira.

— Et le village ? Nous nous laissons tromper par nos propres rêves… Padraic s'est emparé de nos mythes, les a polis jusqu'à ce qu'ils ressemblent à ce qu'ils devraient être, à son avis, et nous en sommes venus à croire que c'est la vérité.

— Ça ne l'est pas ? interrogea Emily, bien qu'elle connût déjà la réponse.

Brendan lui sourit.

— Il rend toutes ces histoires plus séduisantes qu'elles ne l'ont été… Il invente des saints qui n'ont jamais existé, transforme de simples hommes égoïstes et bourrés de défauts en héros dont les faiblesses paraissent aussi aimables que leurs vertus… Du coup, nous sommes déçus, parce que personne n'ose briser le reflet dans le miroir.

— Et Connor Riordan avait compris cela ?

Brendan la regarda, une lueur bienveillante dans les yeux.

— Oui. Connor avait tout compris. Que j'aimais Maggie, et que Fergal ne savait ni rire ni pleurer ni la séduire. Que ma mère se refusait à laisser reposer mon père dans sa tombe tel qu'il était vraiment. Que le père Tyndale s'imaginait que Dieu l'avait abandonné parce qu'il ne parvenait pas à nous sauver contre notre gré. Et tant de choses encore… Je suis sûr qu'il connaissait tout aussi bien Kathleen, Mary O'Donnell, la petite Bridie et les autres.

Il ne mentionna pas Padraic Yorke, et Emily s'en abstint elle aussi. Le reste du trajet se déroula dans un silence agréable, entrecoupé de propos sur la région aux diverses saisons et sur les vieilles légendes qui retraçaient les hauts faits des Flaherty et des Conneeley.

Après avoir déposé Brendan au milieu du village, Emily ramena Jenny et la carriole chez le père Tyndale. Comme il ne l'interrogea pas sur ce qu'elle avait découvert, elle ne lui raconta rien de précis. Daniel revint avec elle à pied en portant son sac. Et bien qu'il la regardât d'un air curieux, il se garda lui aussi de lui poser des questions. Emily se fit la réflexion qu'il avait sans doute déjà tout deviné.

Dans la soirée, une fois les O'Bannion repartis chez eux et Daniel installé à lire dans le bureau, elle put enfin s'entretenir avec Susannah. Sa tante avait repris des couleurs et semblait pour l'heure s'être remise, même si ses yeux avaient toujours ce regard lointain, comme si elle se préparait à s'en aller. Noël approchait, et il lui tardait de voir le cadeau que lui réservait sa nièce.

— Hugo connaissait la vérité, dit gentiment Emily, en posant ses mains sur les doigts décharnés de Susannah.

Elles se trouvaient dans la chambre à l'étage, où il était impossible que Daniel les entende.

— Il n'a rien dit parce qu'il n'a pas compris que la peur qui s'était emparée du village finirait

177

par l'empoisonner et lui dévorer le cœur. Sinon, je pense qu'il aurait tout raconté au père Tyndale et qu'il lui aurait laissé le soin de veiller à ce que justice soit rendue.

Susannah esquissa un lent sourire, puis de grosses larmes emplirent ses yeux.

— Est-ce que tu l'as dit au prêtre ?

— Non, je compte vous le dire à vous, et vous déciderez ce que vous jugerez être le mieux.

Emily lui raconta ce qu'elle avait appris à Galway, avant de lui faire part des conclusions auxquelles elle était arrivée.

— J'avais peur que Brendan ne soit le coupable, avoua Susannah. Ou Fergal... Il s'était mis dans la tête que Maggie était amoureuse de Connor.

— À mon avis, elle était surtout amoureuse de ses idées et de son imagination...

— Nous l'étions tous, lui confia Susannah avec un sourire. En même temps que nous avions peur de lui. Il savait chanter, encore mieux que Seamus. Colleen Flaherty le détestait à cause de ça. Je pense que Connor savait également la brute qu'était Seamus. Pauvre Padraic ! soupira-t-elle. Il ne pourrait pas s'agir d'une bagarre, d'un accident ?

— Je l'ignore. Et même si c'était le cas, il n'empêche que Padraic a laissé ce drame empoisonner le village.

— Oui... c'est vrai.

Toutes deux restèrent silencieuses un instant.

— Le père Tyndale est venu me voir tous les jours, finit par dire Susannah. Demain, quand il passera, je lui expliquerai tout. C'est sûrement ce qu'Hugo aurait fait… Je te remercie, ajouta-t-elle en refermant ses doigts sur la main d'Emily.

Le lendemain matin, lorsque le père Tyndale arriva à la maison, Emily le laissa seul avec sa tante et sortit se promener au bord de l'océan, vers l'endroit où Connor avait trouvé la mort, soucieuse de lui faire savoir en pensée que, enfin, on connaissait la vérité, même si, pour lui du moins, cela n'avait plus guère d'importance. Mais agir de cette manière lui procurait un sentiment d'achèvement.

Les vagues puissantes déferlaient sur le sable, qu'elles creusaient et aspiraient avec une violence acharnée. Emily voyait bien comme il était facile de faire un faux pas qui pouvait s'avérer fatal. Personne ne pouvait marcher sans risque près de ces vagues. Seule une émotion assez intense pour troubler son attention aurait amené quelqu'un à commettre pareille imprudence. Les deux hommes s'étaient-ils bagarrés ?

En se tournant vers la dune hérissée de touffes d'herbe, Emily aperçut Mrs. Flaherty qui marchait droit sur elle à grandes enjambées, la tête penchée, ses bras se balançant au rythme de ses pas. Emily poursuivit son chemin. Elle n'avait aucune envie de parler à Colleen Flaherty pour l'instant, surtout si Brendan lui avait annoncé son intention de quitter définitivement le village. Une décision qui serait un soulagement pour Fergal et, le temps passant, pour Maggie.

Le sable lui paraissait maintenant plus mou sous ses pieds. Une vague festonnée d'écume siffla en venant lécher le sable à un mètre d'elle.

Colleen Flaherty la rattrapait. Brusquement, Emily ressentit une sorte de panique. Elle se tourna vers la dune et vit que la pente était trop raide pour qu'elle la monte aisément. Le seul moyen de s'échapper était de revenir sur ses pas. Arrivée au bout de la plage, elle aperçut la pierre tombale. C'était donc là où elle était que Connor avait trouvé la mort. La marée montait, et cette vague qui venait lui mouiller les pieds, elle l'imaginait emportant le jeune homme, le noyant, comme pour rectifier ce que la tempête avait laissé inachevé. Emily grelottait de froid, le poids de ses jupes la faisait s'enfoncer dans le sable.

Colleen Flaherty s'arrêta devant elle, jubilant d'un triomphe amer.

— C'est bien ici, l'Anglaise... Ici qu'est mort le jeune homme venu de la mer qui s'était immiscé dans nos vies. J'ignore qui l'a tué, en tout cas, ce n'est pas mon fils. Vous auriez mieux fait de ne pas vous mêler de cette histoire et de garder votre curiosité pour vous ! lança-t-elle en avançant encore d'un pas.

Emily recula, si bien qu'une vague manqua lui faire perdre l'équilibre. Elle vacilla et agita les bras, sentant le sable l'aspirer.

— La mer est dangereuse, par ici, enchaîna Mrs. Flaherty. On ne compte plus les noyés… Vous n'auriez pas dû dire à Brendan de partir. Ça ne vous regarde pas. C'est ici son pays, son héritage… C'est ici qu'est sa place.

Emily tenta de dégager ses pieds pour lui faire face.

— Il est grand temps que vous le laissiez partir ! dit-elle avec colère. Vous l'étouffez !… Brendan n'est pas Seamus et n'a aucune envie de l'être.

— Vous ne savez rien de ce qu'il veut ! s'écria Mrs. Flaherty en faisant un grand pas en avant.

Alors qu'Emily luttait désespérément pour conserver son équilibre, une vague l'atteignit très au-dessus des genoux et la fit basculer dans l'eau glacée. Elle se débattit, la respiration coupée. Les choses avaient dû se passer de la même manière pour Connor Riordan… Comme un nouveau naufrage.

Soudain, elle eut la vision de Colleen Flaherty penchée au-dessus d'elle d'un air menaçant, puis des bras puissants l'agrippèrent sans qu'elle trouve la force de résister. Une nouvelle vague déferla, les submergeant toutes les deux et la faisant suffoquer. Et d'un seul coup, elle fut de nouveau libre… Padraic Yorke la tenait d'une main ferme. Mrs. Flaherty était debout elle aussi, à quelques mètres de là. Emily aspira une goulée d'air. Elle avait si froid que tout son corps lui semblait engourdi.

Lorsque la vague suivante arriva, Padraic Yorke la poussa vers le rivage. Elle se força à faire un autre pas. Plusieurs personnes s'étaient regroupées non loin de là, mais Emily était trop choquée pour distinguer de qui il s'agissait. Ses poumons la brûlaient. Quelqu'un lui tendit la main. Une autre vague arriva, cette fois sans l'emporter. À bout de forces, elle tituba et, brusquement, tout devint noir.

Emily se réveilla dans son lit chez Susannah, la respiration laborieuse, en proie à un froid mortel.

— Ça va aller, dit doucement le père Tyndale. C'est fini… Vous êtes sauvée.

— Fini ? dit Emily en clignant des paupières.

— Oui. Colleen aura honte le restant de sa vie. Quant à Padraic Yorke, il s'est racheté, puisse-t-il reposer en paix ! dit-il en faisant le signe de croix.

Emily le regarda fixement.

— Il est…

— Il a sacrifié sa vie pour vous sauver, murmura le prêtre.

Emily sentit les larmes lui monter aux yeux, mais elle demeura silencieuse.

— Merci, Mrs. Radley, reprit le père Tyndale en lui tapotant la main. Vous avez mis fin à ce qui a été pour nous une longue souffrance. D'une certaine façon, sans doute nous avez-vous donné une seconde chance… Et cette fois, nous ne nous détournerons pas d'un étranger qui nous fait voir une vérité que nous préférerions ignorer.

— Ce n'est pas moi, mon père, objecta Emily en secouant la tête. Ce sont les circonstances qui ont amené Daniel dans ce village… qui ont donné à tous l'occasion de se regarder en face et de faire mieux cette fois-ci. Cela vaut pour moi également. Peut-être que Noël, c'est ça aussi : une seconde chance. Mais cela ne servira à rien si vous ne révélez pas à tout le monde qui a tué Connor Riordan et pourquoi.

Le visage du prêtre se crispa.

— Et si nous laissions Padraic mourir en emportant ses secrets ? Le pauvre homme a payé sa dette… Peut-être n'était-ce qu'un malheureux accident. Connor n'était pas comme Daniel, vous savez… Il avait parfois des mots cruels. Sans doute n'était-ce que la cruauté de la jeunesse, toujours est-il qu'elle fait mal. Les mots n'en sont pas moins cinglants.

— Non, mon père, s'ils ne savent pas qui l'a tué, ils ne se départiront pas de leurs soupçons et ne comprendront pas que c'est le mensonge qui fait du mal.

— Peut-être, reconnut à contrecœur le père Tyndale. Si j'avais été honnête avec moi-même, nous n'aurions peut-être pas connu toutes ces années d'amertume… En voulant leur épargner des souffrances, je n'ai fait qu'en rajouter. C'était la dette d'Hugo également. Je dois remercier Susannah de s'en être acquittée.

La veille de Noël, lorsque les cloches de l'église carillonnèrent pour sonner les douze coups de minuit, Emily et Susannah prirent place au coin du feu en écoutant le vent qui s'engouffrait sous les avant-toits. Daniel ayant décidé d'aller assister à la messe, elles étaient toutes les deux seules à la maison.

Susannah regarda sa nièce en souriant.

— Je suis heureuse d'entendre retentir ces cloches, dit-elle tout bas. Je n'étais pas certaine d'être encore là… Demain sera un beau jour. Je te remercie du fond du cœur, Emily.

Du même auteur
aux Éditions 10/18

Composé par Nord Compo Multimédia
7, rue de Fives, 59650 Villeneuve-d'Ascq

N° d'édition : 4321
Dépôt légal : novembre 2010
Imprimé en Espagne par Liberduplex